中国政府出版品国际营销平台精选图书·文学书系　　王昕朋 主编

宵禁之夜

A Curfew Night

金　虹 著

中国言实出版社

图书在版编目（CIP）数据

宵禁之夜 / 金虹著 . -- 北京：中国言实出版社，
2021.9
ISBN 978-7-5171-3842-6

Ⅰ . ①宵… Ⅱ . ①金… Ⅲ . ①小小说－小说集－中国
－当代 Ⅳ . ① I247.82

中国版本图书馆 CIP 数据核字（2021）第 174296 号

出 版 人　王昕朋
责任编辑　代青霞
责任校对　王战星

出版发行　**中国言实出版社**
　　　　　地　　址：北京市朝阳区北苑路 180 号加利大厦 5 号楼 105 室
　　　　　邮　　编：100101
　　　　　编辑部：北京市海淀区花园路 6 号院 B 座 6 层
　　　　　邮　　编：100088
　　　　　电　　话：64924853（总编室）　64924716（发行部）
　　　　　网　　址：www.zgyscbs.cn
　　　　　E-mail：zgyscbs@263.net
经　　销　新华书店
印　　刷　北京温林源印刷有限公司
版　　次　2021 年 9 月第 1 版　　2021 年 9 月第 1 次印刷
规　　格　880 毫米 ×1230 毫米　1/32　7.25 印张
字　　数　145 千字
定　　价　58.00 元　　ISBN 978-7-5171-3842-6

有风骨讲美学接通全球

——"中国政府出版品国际营销平台精选图书·文学书系"总序

王昕朋

中国言实出版社是国务院研究室主管主办的国家级出版单位，出版定位是：主要出版党和国家重大政策的研究成果以及相关的辅导读物。1995年成立以来，我们一直坚持这一出版定位，围绕党和国家中心工作开展出版活动，因而，国内外读者很少见到由中国言实出版社出版的文学类图书。但是，近几年文学界对中国言实出版社已不陌生。这源于出版理念的一次变革。习近平总书记在文艺工作座谈会上的重要讲话指出："一部小说，一篇散文，一首诗，一幅画，一张照片，一部电影，一部电视剧，一曲音乐，都能给外国人了解中国提供一个独特的视角，都能以各自的魅力去吸引人、感染人、打动人。"这给了我们启示、启迪，文学也是讲好中国故事、传播中国好声音的重要途径。所以，我们也用心、用功、用力打造文学板块，并将它推向世界。2018 年 8 月，由中国言实出版社出版的李春雷报告文学作品《朋友——习近平与贾大山交往纪事》获第七届鲁迅文学奖，同时入选"丝路书香"出版工程在国外出版，于是文学界发现，中国言实出版社在文学出版领域同样有不俗的表现。中国言实出版社的文学图书品种少而精，中国文学的声音在通过中国言实出版社持续传播到海外，承载着文化和文学信息的《温文尔雅》翻译成英文、日文、俄文、德文、法文、意大利文、西班牙文、葡萄牙文、阿拉伯文等多种语言向全球推介，英文版、中文繁体版荣获第十三届"输出版引进版优秀图书"奖，长篇小说《京西胭脂铺》一举登榜"中国图书世界馆藏影响力图书 20 强"。付秀莹、金仁顺、乔叶、魏微、滕肖澜、叶弥、戴来、阿袁等 8 位"当代中国最具实力女作家"的作品集同时推出，之所以在名称中冠以"中国"二字，是出于对外推介的考量，其中付秀莹、魏微、戴来等人的小说集后来入选"经典中国"项目在美国出版，产生良好反响。

近年来，中国言实出版社加快国际出版步伐，与英、美、日等多家国外出版单位建立战略合作关系，近百名当代中青年作家的作品陆续推介到美国纽约、日本东京、德国法兰克福等多个国际书展，被多个国家的图书馆收藏，图书受到国外图书界关注，连续 6 年入选中国图书世界馆藏影响力百强出版单位。2015 年经财政部批准立项，中国言实出版社建设并主办中国政府出版品国际营销平台，为推动"文化走出去"提供支持。2020年，有感于体量庞大的中国当代文学无法快捷地被全球关注所带来的传播学遗憾，有感于年度文学选本出版周期较长，有感于众多具有潜力、实力、影响力的青年作家的作品没有很好的对外传播渠道，中国言实出版社整合资源，决定专门为中国政府出版品国际营销平台的文学板块打造出一种比年度选本出版周期短、对当代文学创作反应更为灵敏的季度文学选本。《中国当代文学选本》应运而生，书名由王蒙题写，选稿编委梁鸿鹰、李少君、王干、付秀莹、古耜皆为业内名家行家，所选作品为国内新近发表的文质兼美的力作。作为一种有公信力的季度文学选本，《中国当代文学选本》因"让国外读者快捷阅读当代中国文学精品"的窗口作用，以及"为中国作家走向世界铺筑交流合作桥梁"的桥梁作用，受到作家、汉学家、国内外读者一致好评。《中国当代文学选本》传播中国声音，讲述中国故事，产生良好社会效益。有鉴于此，中国言实出版社决定打造这套"中国政府出版品国际营销平台精选图书·文学书系"。

出版社并不承担培养作家的使命，但是这套"中国政府出版品国际营销平台精选图书·文学书系"的入选作品多是出自青年作家之手，原因在于，我们始终关注着中国当代文学最具活力与实力的鲜活部分，求取风骨与审美的统一，始终在精心遴选极具当代性的中国文学好声音，始终把推动中国当代文学与全球接通作为出版人的责任，这套"中国政府出版品国际营销平台精选图书·文学书系"的入选作家和作品便是如此。有风骨、讲美学，是选取这套丛书的思考维度。"有风骨"是要对民族精神有所反映，要为人民而文学，要关怀民生，帮助读者把无病呻吟、凌空蹈虚的作品以独特筛选眼光来淘汰掉；而"讲美学"是指中国言实出版社遴选书稿时看重作品的文本质量，内容和形式互为表里，是为美。美为作品飞向全世界插上翅膀，中国言实出版社人始终认为，美是全人类可通融的共同语言，有风骨、讲美学才能接通全球，成为文学精品。这些优秀作品里，都跳动着时代的脉搏，展现着当代中国日新月异的面貌，蕴含着深厚的文化自信。出版是文学生产的终端，对于中国言实出版社而言是文学传播的开始。中国言实出版社将始终秉持"好作品主义"，重视名家不薄新人，盘点、整合中国文学资源，积极开展对外译介和推广工作，自觉地将有风骨、讲美学的文学精品作为永不改变的出版追求。

2020 年 12 月

目 录
CONTENTS

如歌

我想去北京

　　俗话说，十全为满，满则招损。农村里有做九不做十之说，赵奶奶七十九岁的时候，儿孙们密谋着给她提前庆祝八十大寿。各房儿子、媳妇、孙辈们悄悄做起了准备，预备给她一个惊喜。

　　生日的前一天，儿孙们把准备好的鞭炮烟火、寿碗寿盏、寿桃寿糕等运到村口，又雇了吹手、脚力，分几个担子，披红挂绿、吹吹打打地把这些东西从村东头一直挑到村西头。

　　担子落在赵奶奶独居的老屋前，左邻右舍也跟来看热闹，七嘴八舌地夸奖着儿孙们孝顺，都说赵奶奶好福气。

　　福气个啥？没有一个明白我心里的想头。赵奶奶气鼓鼓地打断各种称赞，当众宣布说，谁要给我做生日，我就离家出走。老太太的话像一盆冷水，兜头兜脸浇得儿孙们措手不及。

门口看热闹的乡邻也都跟着扫兴。一时议论纷纷，说赵奶奶怕是老糊涂了，拂了晚辈们的一片孝心。

老太太闭上耳朵，独自扭身进屋，面对中堂坐下，摸出烟袋"吧嗒、吧嗒"抽起烟来。

都说老太太闹情绪肯定有原因。儿子、媳妇们一窝蜂似的挤进老屋寻找答案。

老太太绷着脸，开门见山："你们把给我做生日的钱省下，我想去北京。"

晚辈们你望望我，我望望你，都不知道老太太啥时候起的这个念头。农村里的习惯，七老八十的老人是不作兴出门的，都怕万一有个三长两短的，不吉利。

"圈里的猪怎么办？"大媳妇壮着胆子问。

"二百斤的猪能出栏了。"

"鸡鸭呢？"

"丝网围住，端盆水，我请邻居每天给我撒把谷子。"

看来，老太太早有打算，只怪儿孙们不懂老人的心。

老人的心里，北京遥远而又神秘。

不单赵奶奶，留守在村里的老人们心里也都这么想。

如果这辈子能去趟北京到了下辈子都风光呢。

几个老人一溜排地蹲在墙根底下晒太阳，磕巴磕巴地说出自己心里的向往。

"哎呀呀，黄土埋到腰了，还有啥想头？笑死个人了。"李二婶掏出个大烟袋在鞋帮上敲敲，烟枪里立即吐出一口口黑灰。

"瞧吧，早晚我们从烟筒里出来就是这个样。"说完，瘪嘴笑了。

"想当年坐月子我想吃一碗寡米稀饭，婆婆舍不得放米，端上来一看，稀汤寡水的能照见祖宗八代的影子。如今不愁吃不愁穿已经很满足了，谁还敢指望去北京？"李二婶又说。

"我想去北京！"赵奶奶冷不丁地冒出这么一句，让所有老人吓了一跳。

李二婶瞥了她一眼，"去北京得花多少钱哪？"

赵奶奶说："等我八十岁生日我跟他们提。"

李二婶说："笑死个人啦，就算你儿孙愿意带你去，你儿媳妇她们未必同意。"

赵奶奶说："我几个儿媳妇都孝顺。"

李二婶猛地站起来，晃了晃，差点摔倒。她气愤地说："我们打个赌，你要是能去成北京，我围着咱村爬两圈。"说完，一颠一颠地走了，她那腿是几个月前和大媳妇吵架时跌倒摔的，还没长齐。

赵奶奶被她气得脸色铁青。其他老人连忙解围说："别和她一般见识，难怪婆媳俩总处不好，一个巴掌拍不响。"

"我这回是非去北京不可。"赵奶奶说。

"去，去，去。"老大说，"咱妈一辈子就会唱一首歌《我爱北京天安门》！"

几个媳妇异口同声地说："那就赶紧按照妈的意见办。"

出资的出资，出力的出力，家庭会议开得圆满。

坐飞机，顺利抵达北京。

咱妈怎样？家里的儿子不放心，左一个电话右一个电话地追问。

好着呢。万里长城都是自己往上爬，不用搀不用扶，精神头足呢。

除了毛主席纪念堂不让拍照以外，天坛、故宫、圆明园，走到哪儿拍到哪儿，人多，排队也等。

每拍一张照片她都要把头发仔细地捋一遍，身上的衣服掸了又掸。照片贴满两大本相册，北京特产买了几大包。儿子们开车把她一直护送回家。

这趟旅行，这些照片够她风光到死了呢。

能让老人们骄傲的不就是子女的孝心吗？

村口的老槐树底下，村里的老人们都在那里等着她呢。

还没进村，赵奶奶忽然让儿子停车，十分严厉地嘱咐说："别说我去过北京了。"

"咋的啦？"儿子不解。

她脸一板说："李二婶子她们连镇上都没去过……"

村口，老人们围了上来问："北京好玩吗？"赵奶奶一边把大包小包的北京酥糖、酥饼、果脯等精致特产分给大家，一边说，我身体不舒服半道儿回来了，这些都是大儿子出差带的。

这时候她看见李二婶子的身影远远地藏在老柳树的背后，

赶忙向她招手："哎呀呀，老姊哦，不怕你笑话，我没去成北京，这年岁不饶人呢。"

于是，老朋老友，老姊老妹，欢欢喜喜地瓜分完了她带回来的北京特产。

北京之行从此不提。偶有老人会好奇，悄悄问她，大城里好玩吗？谁问她，答案都是一样的，不好玩，人挤人，车碰车，还不如咱村子里住着舒服。

但是每个夜晚，赵奶奶都会独自摊开那些照片，对着昏黄的灯，将儿子在北京买的新烟嘴叼在嘴角，用力吸一口，舒坦，又吸一口，缓缓吐出花朵一样的烟圈来。

一串念珠

　　这天，日已偏西。梅子听到婆婆一声声干咳，硬着头皮打了水，提了尿桶进去。还没掀被子，就闻到一股恶臭。她连忙推开窗子，一边干呕，一边抽出婆婆屁股底下湿漉漉的垫子。一阵冷风扑进来，婆婆忍不住哆嗦。

　　擦洗、换垫子、打扫、端茶倒水，在平时一气呵成的事情，梅子这次做得有些磕磕碰碰，力不从心，从头到尾没和婆婆说一句话，一张脸冷得像挂在屋外房檐下的冰铃铛。婆婆目光躲闪，满面羞愧，手里的念珠不停翻滚：阿弥陀佛，罪过。婆婆打从瘫痪在床，念珠就从不离手，总说自己有罪。梅子懒得问。侍弄完了出去，关紧房门。婆婆望见窗户也关得死死的了，肚子咕噜噜继续唱着空城计，心里七上八下，两滴泪蜿蜒在褶子里。

天擦黑，梅子端了一碗蛋炒饭进来，婆婆咽了一口唾沫说："好闺女，我以后一天就吃一顿，你端走吧。"

"妈，您说的这是啥话？我最近有点烦心事，可能照顾不周，还请您多担待些。"说完眼圈红了。

要说，丈夫在世那会儿，伺候婆婆的事根本用着不她，三个大姑子轮番值班，把一切料理得妥妥当当。坏就坏在丈夫出车祸死了，对方赔偿了一笔让人眼红的巨款，三个姑子派和事佬跟她谈判，想提取婆婆的那一份，说是由她们单独攥着，以后保证还用到婆婆身上。这不是明摆着不信任她吗？

去去去。梅子朝中间人狠狠一跺脚。古人云，泰山好移，本性难改。长在身体里的反骨，到现在也没有扳得正。性格决定命运，一点不假。就像自己的婚姻她曾经非常懊悔，都是由着性子闹的结果。婆婆本来是干妈，干妈对她超乎寻常的爱，伴随着童年少年，给过她无限的欢乐。只是到了成年，她没想到干妈竟然游说自己嫁给她的儿子。比她大两天的强子是干妈家的独子，性格沉闷，她不大喜欢。搞笑的是她还没想好到底怎么办，干妈却告诉她，强子死活不同意，态度坚决，看来这门亲事没戏了。她当时脸都气绿了。凭什么？她把两根大辫子往后一甩，非强子不嫁。后来的事情不便细说，女追男隔张纸，还有干妈怂恿着，很快就让生米做成了熟饭。披上嫁衣的那天，她分明看到干妈的脸上尽是得意的笑。望着身边脸色阴郁的强子，她感觉自己被干妈下了套。好在，变成婆婆的干妈对她更好了，三个姑子亲如姐妹。婆婆瘫痪后，更是主动承担起照料的责任。没想到，眼下为了丈夫的死亡赔偿金，不知道谁给她们出的这个馊主意。根本没有商量的余地，想都别想。梅子撵走了中间人，姑子们从此不上门了。不来就不来，她一个人扛着，没啥了不起。端茶倒水、擦屎擦尿。只是婆婆心里过意不去，总问梅子："我那三个闺女都跑哪儿去了？我儿咋也不回来？"

梅子哄骗着婆婆说："妈，她们有事来不了，有我呢！等你儿子从国外打工回来给你买个金手镯。"

婆婆除了下半身不能动，吃也能吃，喝也能喝，只是脑袋瓜子一会儿清醒，一会儿糊涂。这会儿她坚持不肯吃晚饭，任凭梅子怎么劝都不行。

"妈，您好歹吃几口。我今天接到大姐、二姐电话了，说她们过几天就回来看您。"婆婆一听高兴了："你说的真话假话？"

梅子点点头。其实她心里明白，外面疫情闹得这么凶，三个姑子谁都来不了。一场灾难使她们姑嫂和好如初，之间的关系更加紧密。听说梅子的姑娘、儿子全都去支持武汉了，大姑子、二姑子都主动打来电话安慰她。还告诉她说小姑子的儿子被确诊，全家都被隔离了。这些事，她又怎么能告诉婆婆呢？看到婆婆美美地吃着炒饭，她心里酸酸的。婆婆若是知道儿子死了，孙子孙女全部在生命攸关的战疫前线，她还能吃得下去饭吗？还不如死了算了。即便是死对于婆婆来说，又谈何容易？

　　然而，令她万万没想到的是，婆婆真的死了，梅子到现在都弄不明白，婆婆是怎么拖着病残的身体找到农药的。

　　那天下午，母猪下崽，她只是在猪圈里多忙了一会儿。村子里的大喇叭还在喊着，不要串门，不要下田。突然就听到邻居六婶慌慌张张地跑来找她："不得了，你婆婆喝药水了。"梅子赶去一看，婆婆竟然倒在了门口的草堆跟前，口吐白沫，气若游丝，一手抓着念珠，一手握着一个空空的农药瓶子。她两腿一软跪倒在婆婆跟前，抱住她的身体，急切地哭叫起来："妈，您这是怎么了？"六婶端来了一碗水，捏住婆婆的鼻子试图施救，被婆婆用力推翻："别救我，我要去找儿子了。"最后她把无限眷恋的眼光定格在梅子的脸上，断断续续地说："妈这辈子最对不起你。"手一松，念珠掉在了地上。

　　六婶捡起念珠，塞进梅子手里，说："留个念想吧，她是你亲妈，当年拿你换的强子。"

　　六婶的话犹如平地旋出飑风，在她的心头卷起一股悲痛的热流，人生许多难以解释的轨迹，都在这一刻找到了答案。攥紧念珠，梅子百感交集失声痛哭。

　　谁能真正听得懂那哭声？

　　当一个短视频在网上疯传的时候，人们懂得了梅子，她把一大包钱全部投进了捐款箱，轻松离去的背影和她手上的那串念珠一同发着光。

美丽人生

　　一场稀松平常的应酬，我认识了一位特别的先生，姓杨。

　　这个人四十多岁、一米八的大个子，天生有种磁场，能让人众星拱月般地围绕他。那天晚上，外边正刮着西北风，新冬的第一场大雪还没有化尽，小包间里的灯光温暖柔和，桌子上十几样时新的菜，赤橙黄绿青蓝紫打包了春天各种鲜亮。一桌子的人挤挤挨挨，十几张吃喝得红扑扑的笑脸全部朝向他。他在讲故事。

　　杨先生是个房地产商，很有钱。但他讲的不是他的钱，他讲的是他的妻子和一双儿女。

　　他的妻子非常善良能干。

他的儿子已经上大学。

他的女儿才八岁。

他们家雇得起保姆，却凡事自己动手。

他每天早晨五点多起床，拖地，抹桌子，上街买菜，回家做早餐，亲自喂女儿，一口一口就像大鸟喂小鸟。他很乐意这么做，一点也不觉得累。

他说："我妻子要插手，我不让。"

"我女儿自己也会吃，但是她就爱这么跟我撒个娇。"他这么说的时候满脸洋溢着幸福和满足，"我女儿还会做名片，写上家里的电话号码和她自己的手机号码，见到叔叔阿姨都发一张，顽皮得很！"

嘿，你不觉得一个大男人的婆婆妈妈显得有点异乎寻常吗？我猜他是离婚后再娶！年轻漂亮的妻子当然会百般宠着护着！那个八岁的女儿应该就是他第二次婚姻的杰作吧？

杨先生敏锐地捕捉到我眼里的疑惑，他意味深长地瞄我一眼笑着说："其实，我之所以这么肯为老婆分担家务，是因为我和大家有着不同的人生。人生，站的角度不一样，看到的东西也就不一样。我的第二次生命、第三次生命都是上天恩赐的。"

第二次生命？第三次生命？桌上无人不表现出惊讶。

"是啊，是啊！我敬大家一杯酒，为彼此的健康干杯！"他一仰脖子先干为敬。

"我是个病人，呵呵，我得的是一种心脏病，叫'有症状的心动过缓'，我的胸腔曾经被两次打开过，为的是给我的心脏安装心脏起搏器。起搏器能够帮助我的心脏恢复正常运动，但是它的时效性只有十五年。也就是说，每隔十五年我的胸腔就要被打开一次。第一次生命是父母给的，第二次生命是妻子给的，那时候我才二十五岁刚结婚，我在被推进手术室之前，妻子套着我的耳朵说：'亲爱的，我等你出来，我要为你生儿子。'

"这种手术，一做就是十几个小时，好多体质差的或者意志薄弱的人也就死在手术台上了。所幸我既没选择上帝也没选择撒旦，我追随天使的翅膀重返人间，当我从手术的麻醉中清醒，我看见妻子弱骨纤形，婉转蛾眉，身旁似有烟霞轻笼，四季都在她的泪水中流动，我在心里暗暗发誓：在往后的十五年里我一定要好好珍爱这个女人，不让她受一点点委屈。

"十五年，我只有十五年的光阴可以和家人共度。手术后一个星期我就尝试着站立，十五天我就独立行走。一个月之后我出院，第一件事情就是去单位辞职。当时同事们都很不理解，家里人也竭力反对，特别是我父母，说你一个生病的人能有一份稳定的工作多不容易啊！我却不这么认为，我从来不把自己当病人，我有详细的计划和目标，十五年，说长不长说短也不短，我绝不能把十五年光阴虚掷在机关里，我要自己组建公司打拼天下，我要赚钱，赚好多的钱留给父母、我的妻子和孩子，让他们在没有我的未来也能过上富足的日子。这是我的责任啊。"

"来，来，来，继续喝酒，不要因为我的故事而耽误了大家享受人生这一刻!"在他的提议下,桌子上又热闹起来,喝酒的喝酒,吃菜的吃菜。女人们则感慨万千,浮想联翩。

空调的温度有点高,杨总脱了外套,露出酱红色的拉链羊绒衫。他有点自嘲地说:"我妻子说这种颜色并不适合我,可我就是喜欢红色。"

"红色代表热情。"我笑着说。这个男人使我的心灵莫名地震颤,我对他有了强烈的好奇,我希望他能把故事讲完:"你的生意就没有过失败吗?"

"怎么可能呢?一开始我并不懂生意经,投资屡次失误,亏得一塌糊涂。为了省钱我好长时间每天只吃一顿饭,和别人挤在一张铺上睡觉。"

这时他的电话响了,原来是他女儿的。

"哈哈,爸爸在外面吃饭呢,好的,我会早点回家的。"挂了电话他一脸的幸福感,"现在就数她管我最紧。"

"你儿子和女儿相差几岁啊?"桌上有人问。

"十岁!呵呵。三十五岁那年,我对妻子说,再过五年我又要动手术了,万一下不来,你太孤独了,不如我们再要个孩子,不管男女,家里都会多份热闹,当然最好是个女儿。我们一拍即合,计划立即实施,第二年开春我们心想事成。孩子见风长,我四十岁那年她已经能说会道了,上手术台之前,女儿和我拉钩说,'爸爸,你让医生动作快点,晚上我要和你睡觉呢!'哈,我哪敢不信守承诺呢?于是又挺过一关。现在我四十三岁了,到五十五岁还有一次关口。到那时候即使挺不过来我也没什么遗憾了，我的人生很完美，从未浪费过一次。"

丁零零！杨总的电话又响了。他看都没看就说，还是我家的宝贝小鬼。随即按下免提，一个响亮的童音传来："爸爸，你少喝点酒好不好？今天晚上你要陪小美女睡觉呢。"

闻言，一桌子的人全都哈哈大笑起来。

谋　杀

急救车来的时候丈夫已经死了，医生断定说是脑出血！

只几分钟时间，一切都宣告结束了。

令楼兰伤心的是，死鬼半句体己话都没有留下，却给她留下了他那瘫痪在床的八十多岁的老妈妈。

当天晚上接到通知的亲戚们都到了，大家一致意见要瞒住老太太。她耳朵背又不能下床，只需关上她那边西厢房的门，统一口径说她儿子出差了。于是，分头忙碌起来，搁草铺的忙着卸门板，买寿衣白布的忙上街，请丧仪的忙打电话。亲戚朋友们人来人往，鱼一样穿梭。

老太太浑身筛糠一样抖动起来："你们是否有事情瞒着我？"

"没有，没有！"所有的人都在她面前矢口否认。

"你孙子加工资请客吃饭呢！"有人想了个点子糊弄她。老人就像个小孩很好骗，不一会儿就安静了。

每天还是由楼兰伺候着她洗脸、吃饭。丈夫出殡的那天早上楼兰忍住泪，为婆婆端来一大碗鸡蛋炒饭。

"你的眼睛怎么又红又肿？"老太太疑惑地问。

"进沙子了。"楼兰大声回答，揉着眼睛立即出去了。

"态度越来越不耐烦。"老太太不满地对进来的孙子说，"你爸爸呢？怎么两天没看见他？"

"出差了！"孙子说，"这次走得很远。"

两天以后一切仪式结束。楼兰照例伺候着婆婆吃喝拉撒，默默地数着日子往前过。只是面对堂屋里丈夫的灵堂，白花黑纱围绕着的笑容那么灿烂，楼兰总是怨言满腹：都说少年夫妻老来伴，你凭什么早早抛下我独自离开，留下瘫痪的老娘要我照看？

随着时间的推移，老太太脾气愈来愈古怪，胃口却一点不坏，一日三餐一顿不少，吃得美味香甜。能吃就能拉，楼兰每天不知要抱她多少回起来上厕所，小便还好对付，大便真让人受不了。要是亲娘也罢了，要是丈夫活着也罢了，且不说搭搭手帮帮忙，至少也有个人能理解她、陪伴她、感激她，平心静气地听她埋怨两句！现在呢？凡事都是楼兰一个人！儿女们又都远在南京、上海，路途遥远，工作繁忙！其实，孩子们也舍不得母亲，都愿意出钱请保姆，谁知陆续来过几个人一看瘫痪在床的老太太，吃喝拉撒全要照顾，都摇摇头走开了。

俗话说，久病床前无孝子。随着时间的推移，楼兰心里的不耐烦自然而然地就会在言行举止上表现出来，眉头越锁越深，动作越来越粗鲁，对于老太太一遍又一遍的问话她也不再搭理。

真是个累赘啊！她恨恨地想，要是能把丈夫换下来该多好！难道在阎王老爷那里真的有一本记载着每个人生命长短的生死簿吗？

有一天晚上，当婆婆再次问她："康儿（楼兰丈夫小名）到底什么时候回家啊？有电话没有？"

楼兰脑中立即闪过一个黑暗的念头，她不想再瞒下去了，她不管不顾那可能出现的可怕后果，那也许不正是自己期待中的吗？

于是她没好气地大声回答："他不会回来了！"

"什么？我听不清。"

"他不回来了，你儿子死啦！你——儿子——死——啦！"

"你记不记得有天晚上……"她一遍遍地重复，强忍住泪水硬起心肠，不厌其烦地终于把这个不幸的消息传入了婆婆迟钝的耳鼓。老人沉默了，吃惊地大张着干瘪的嘴，昏花的老眼睛里蓄满了越来越多的泪水，楼兰掉转头急忙走了出去，轻轻带上门，把一把老骨头和一颗绝望的痛苦不堪的慈母之心独自抛在深渊里。

听着外面刮着的风呼呼啦啦，雨淅淅沥沥，楼兰睡不着，她打开电视，遥控器按来按去……

她的心思飘忽不定，有那么片刻的时间，她的眼睛盯着电视，脑海里映出的却是自己刚嫁进方家的场景。方家并不殷实，命运没有为她呈上那双多少女人梦寐以求的水晶鞋，但是她却在这里获得了慈母的爱，婆婆待她像亲闺女一样，心疼她身子单薄，吃喝穿戴全都尽着她；怀孕了，婆婆更是一肩挑起所有的家务，凡事都不让她插手。最令她难以忘怀的是，自己的那场大病，婆婆端汤喂药伺候在侧几乎是衣不解带啊！多少个日夜，多少个黄昏，多少个清新的黎明，都像迷离的梦境一样，一幕一幕在她脑际闪过。

她坐不住了，头上沁出了冷汗。

站在西厢房的门口，她浑身颤抖，牙齿"咯咯"响！

冰凉的水泥地上会不会躺着婆婆早已僵硬的尸体？她害怕，她真的害怕，是她谋杀了一直视自己为亲生女儿的婆婆！

推开门。当她看见老人正蒙头大睡，当她确信老人在被窝里发出的均匀呼吸时，她的眼泪顿时夺眶而出了。

楼兰在婆婆的床前坐下，轻轻揭开蒙在她脸上的被子，心里忏悔着：妈妈，原谅我吧！

老太太一连昏睡了三天，醒来就吵着要吃红米粥，她什么也不记得了。过了两天又开始问："我儿子什么时候回来啊？"

"早呢，他这次走得很远。"楼兰大声回答。她想，幸亏婆婆三分清醒七分糊涂，幸亏她连自杀的能力都没有！幸亏……当她把婆婆从西厢房搬到自己房间里的时候，她终于将自己无罪释放了。

原　谅

这几天，女人一直憋着眼泪，憋着怒火，恨不能一直蔓延到阴曹地府里去，淹了它，烧了它。她要揪住他的衣领问个究竟。

"那一刻，你究竟是怎样想的？"

对她来说，这才是天大的一个问题。其他的，与她何干？荣誉、鲜花、赞美、安慰、闪光灯……她统统不需要。

记者是个年轻姑娘，厚着脸皮，一次次敲开女人的门，终于面对面地坐下。

"我给你一个小时，不，半个小时吧，我没什么可说的。"

"好的，谢谢您，那我就开门见山吧，请问您的丈夫有什么个人爱好吗？"

"爱好？"女人皱了皱眉头，"听说他在军校里爱好打乒乓球，结婚以后我一次没见他打过。"

"那么，他平时喜欢读一些什么书呢？"

"读书？他是个工作狂，早出晚归，我平时连他的影子都很少看到，更别说能看到他安安静静地坐在书房读书了。"

年轻的记者有些尴尬，她意识到自己提出的两个问题都没有切中要害。于是，她直起腰杆，调整一下坐姿。

"您的丈夫刘指导员，为了不让犯罪分子逃走，居然把自己的手臂和对方铐在一起，他真是太勇敢了。那可是个丧尽天良的家伙，已经连续杀害了三个人，您丈夫用生命诠释了军人的使命。他是真正的英雄。"

"什么狗屁英雄，他若是能活着回家，我才承认他是个英雄，否则他就是狗熊！"女人咬牙切齿，双眼迸射出愤怒的火焰。

年轻的记者心里拔凉，作为神圣的英雄的妻子，她怎么可以这样说话呢？

"那么，您对丈夫的牺牲是怎么看的？"

"我觉得他傻到家了。"女人回答。记者懊恼不已。

女人继续说："我到现在还不相信这件事。"她向记者伸出自己青紫的手肘，"我老感觉自己在做梦，看看我这里，都是掐出来的伤痕。"

"您千万不要过于悲伤。"记者终于对英雄妻子的态度感到了一丝丝满意。

谁知女人又一反常态，生气地回答："我才不会为他这种人伤心呢，他既不是一个好丈夫，也不是一个好父亲。他的心里根本没有我们，从今往后我跟女儿都不会为他伤心。不瞒你说，清明节我都不打算去给他烧纸。"

看来思维不在同一个频道的人，真的很难沟通。英雄妻子的答非所问，使年轻的记者产生一种无力感、挫伤感。她需要一个痛哭失声、深明大义的英雄妻子，来成全她的报道，她要塑造出一个，关键时刻，舍身忘我，用生命履行职责的英雄形象。

记者打算结束采访，另辟蹊径。

不料，对方沉默半晌之后，各种埋怨如流水一样，汩汩而出：他对我们要有对待工作一半上心就好了。多少次的承诺全都落空。这一次，就是最大的不守信用，他明明同孩子拉过钩钩，答应每天不管回来多晚，都要在她的额头印上祝福的吻，直到她出嫁……

记者快速地在本子上记录起来，她们终于找到了共同切入点。

"他最后离家的那天凌晨，临走还帮我披披被子。历史上从没有这么细致过！你说这事是不是很蹊跷？"女人疑惑的眼神，紧盯着记者，仿佛要从对方这里寻求某种答案似的。

"冥冥中也许……"记者若有所思。

"这是反常的预兆啊，我怎么就没想到呢？我该起来给他烧顿丰富的早餐才对啊，怎么也不该让他空着肚子上路呀！"女人双手不安地绞来绞去，眼眶越来越红。

记者默默地拍了拍她的肩头，以示安慰。转换了话题："对了，听说刘指导员在医院有过短暂的苏醒，他留下什么话没？"

"他醒来过？我怎么不知道？我去的时候他已经死了。几位医生朝我深深鞠躬。他当时就躺在他们身后的病床上，浑身是血，他被歹徒戳了十几刀呀。我一想起这些，就心寒，寒到骨头里。这事我跟他没完，不管多少年，当着阎王的面我都要问问他：凭什么把自己和歹徒铐在一起？他的生命难道属于他一个人的吗？生死关头，他就一点点没考虑我和女儿？"女人恢复了凶巴巴的态度。

"情急之下，也许想不到那么多的。"记者小心地说。

"你听谁说他醒来过？我现在很想知道他醒来的时候究竟说了些什么。"女人冷冷地问。

"我也不知道，等下我还会去采访医生，顺便帮你问问。"记者说。

第二天，女人在报纸上看到了大篇幅通讯报道：《血染的风采——他用生命诠释军人的忠诚》。

女人读得很认真，逐字逐句地读着，当她读到刘指导员从昏迷中醒来，反复重复着一句话：别让他再跑了……女人冷笑着把报纸撕成片片雪花。

她找到记者责问："我丈夫临死之前果真说了那样的话？"

记者低头沉默了一下说："对不起，我这是宣传需要，他根本没有说过那样的话。"

"你怎么可以瞎编乱造？"女人的手颤抖地指着记者的鼻尖。

"对不起。"

"他究竟说了什么？"女人歇斯底里的样子，引发了记者的歉疚和同情，"您的丈夫，他醒来其实向医生求救，他说：'医生，救救我，我的女儿还小！'"

刹那间，女人如同被雷电击中，脸色煞白，泪如泉涌，她原谅了丈夫。

保　险

　　出国留学前夜，终于被我妈逮住，强拉到跟前。

　　她小心地打开一个红绸包，一根锈迹斑斑的铁钉赫然在目。她说，这是妈妈送给你的礼物。妈看出我的疑惑，说："你快要走了，听我给你讲一个故事吧。"

　　很多年前，塔集街很小，东西一条路，百十户人家，山搭山，店铺挨店铺，邻里之间很和睦。忽然有一天，街尾多出了一个油毛毡搭的棚子，斜倚在供销社的山墙上，门口插一牌子，上面歪歪扭扭舞着三个红漆大字：修理铺。一个外乡人公然在这里安营扎寨混饭吃了。

塔集人善良，没有谁去追问他的来历，也没人撵他走。他谋生的手艺不错，生意逐渐红火起来，棚子里时常飘出肉香。

这样，约莫过了半年，修理铺一夜之间神秘消失，就好像它突然出现时一样，令人惊异。几个老婶子的脸白了。那个外乡人，借了张家的钱，欠着李家的油，还拨了好几户人家的门闩；正在修理中的摩托车全都不见了。

警察开始挨家挨户地调查、询问、做笔录。根据群众的描述，警方绘制出一张相貌图，高个儿、烟鬼、络腮胡子，长年穿一件油渍麻花的咖色绒线衣，散着袖口，这与一个杀人抢劫的通缉犯十分相似。人们的脊背阵阵发凉，后怕之余又觉得十分庆幸，财去人安乐。

忽然，有人想起了摩托车修理铺对面的小店，里面住着如花似玉的姐妹俩。

小商店只有十几平方米，一个柜台，两个货架。货架后面摆了一张木板床。本来是一对夫妻店，丈夫突然生了重病，妻子陪丈夫出远门看病了，就把店铺临时交给俩女孩儿照管。俩女孩正放寒假。

姐妹俩都十分讨喜，豆蔻年华。一些时髦的小年轻常常大老远地跑到这里来买烟，买饮料，买葵花子。

姐妹俩胆子小，晚上，熄了灯就害怕。屋里一片黑暗，窗缝、门缝是唯一透进光亮的地方，通过明暗的交替她们能看见月亮的影子，车灯掠过的瞬间，她们能看见树的影子。这天夜里，风格外大，姐妹俩早早脱了衣服，拱进被窝。那个外乡人第一次敲门的时候，姐妹俩睡得正香。

重重的拍击声使姐姐猛然惊醒，妹妹也跟着醒了。

"开门，买两条红塔山，急用。"

听出是对面修摩托车的，姐姐就有些紧张，平时来买烟，那人目光灼灼的，亮得吓人。姐姐壮着胆子回答说："睡觉了。"

妹妹悄声说："两条烟啊，一百多块。"姐姐使劲拧了一下妹妹的手。

那人很用力地拍门，推门，咚咚咚响。

完了，又去敲窗。砰、砰、砰。

店铺是砖木混合的，门面，下半截一米多高是用砖头砌的实墙，上半截留了一个长方形、镂空通透的窗户，也是卖货的窗口。白天，顾客立在窗外，手臂长得可以直接够到里面的货物。到了晚上，用木板一块一块衔接着从里面扣起来，窗子就被封死了，很牢固。

那人从外面自然是推不开的，只得低声下气地央求道：不开门，就开窗吧，卸掉一块木板就成。

姐妹俩的手紧紧攥在一起，全是汗。她们想起了母亲的反复叮咛：闺女，夜里任谁敲门买东西，都别开，磨盘大个钱都不赚。

"傻闺女，两条烟顶你们开一个星期的店。"外乡人诱惑着。

见里面迟迟没动静，他顿时发起飙来："狗娘养的，小婊子……"骂骂咧咧的声音持续了很久。终于安静了。姐妹俩从被窝里探出头来，汗水被寒夜吸了去。

一辆卡车隆隆驶过,灯光挤进门缝,变成鬼一样的黑影,又瞬间消失。

一只蟋蟀蹦跶到柜台下面,叫了一两声。

谁知门闩忽然被猛烈地拨动。

恐惧如同黑暗四面压过来。姐妹俩吓得坐起来,互相搂抱着抖成一团。寂静的寒夜,咔嗒咔嗒声格外刺耳,姐妹俩胆战心惊。

那天,当她们的父母决定远行,把店铺交给她们时,她们的母亲就开启了碎米嘴模式,一个劲儿地絮叨把她们的耳朵都塞满了。她们的父亲则提来一个工具箱,在木门闩和门背面分别钻上小孔,然后一遍又一遍教她们晚上如何闩门,如何用铁钉塞住孔眼。那时候多数人家都是双面门对开,门闩在里面,如果缝隙过大,在外面用尖刀就能拨开,她们的父亲为木门上了最后一道保险。

那个可怕的夜晚,小店的门始终未被拨开,门闩上的铁钉如同守护神,硬生生把罪恶挡在了门外。

我妈妈讲到这里,喉头止不住一阵哽咽:多亏了这根铁钉啊!护了我和你姨妈的周全。

我把头无声地靠向母亲的膝盖。

外祖父的这根铁钉给他的后代上了两次保险啊。

特别行动

　　这次不能再让他跑了。为了这个案子，苏哲的嘴上已经烧出一串燎泡，案情是一望到底的，可是逮不到人就不能结案，两个月了，他们花了大量的精力，一次次都让他逃之夭夭。望着静卧在夜色中的村子，他的眉头锁成了一团疙瘩。

　　村子不大，四面环水，一座小石桥是唯一的出入口。他向抓捕小组成员们简单交代了地形。

　　进村后，他们避开宽敞的大道，选择了一条被浓荫遮蔽的小径，蛇一样潜行，很快就接近了目标。

　　门缝里有灯光流泻，苏哲悄声吩咐一人堵门，另外一人守住后窗，由他敲开门后，后面的人跟上，直接扑过去，上铐，实施抓捕。可是就在这当儿，一个小姑娘奶声奶气的声音传来，"真好吃！"他顿时一个激灵，右眼贴近门缝，谛听、沉默，改变方案。

他轻叩了三下，只听一阵欢快的脚步声，由一双小手抢先打开了门闩，他一步跨进去，顺手带上身后的门，鹰一样的眼睛捕牢另外一双极度惊恐的眼睛。紧接着又一个箭步冲过去，一双手压住了男人的肩膀，警告地一用力，同时迸发出快乐的笑声："好兄弟，你回家也不叫哥一声，看这桌上的手擀面很有筋道，谁做的？"

"我爸爸做的。"小姑娘脆生生地回答，一双眼睛怯生生的，带着满脸的骄傲。"嗯，给我也来一碗。"苏哲拉男人起来，自己却坐下了，他们的眼神快速咬住后又松开。男人乖乖去了厨房。

这当儿，苏哲很热情地向二老介绍了自己。又指着男人的背影说："好哥们，我们刚谈成了一笔生意，非得今晚去签约不可。"

老奶奶笑眯眯地回答："知道你们忙得很，他还非要亲手擀面给我们吃。"

不一会儿，男人给他端来一大碗面，汤里浮着嫩青菜和葱花，散发着诱人的香味。他们一起吃着，闲聊着，其乐融融，苏哲也是真饿了，呼啦呼啦把一碗面吃光了，一口汤都没留下。他扬起空碗，学着小姑娘的腔调呸呸嘴说："真好吃。"小姑娘紧贴着父亲的臂膀，偷偷瞅一眼苏哲，嘴角一翘，露出豆粒大的小酒窝。苏哲仔细端详着她，暗暗对照自己的女儿，不免替这孩子的未来感到担忧，心里生出几分怜悯。他温和地摸一下她的头，说："马上叔叔要和爸爸一起去谈一笔生意，你可要乖哦，叔叔会来看你的。"

孩子懂事地点点头。苏哲起身，从身上掏出仅有的几百块钱，递交到老奶奶手里说："这是人家给的订金，你们先收着。"然后，他迎着男人那五味杂陈的眼神，搂过他的肩膀。

外面起了风，有零散的雪花飘落，飘落在人的脸上、鼻尖上，很快就化成水，凉凉的。落在余温袅袅的土地上，融化又冻结，又融化……

那晚的抓捕行动很成功。审讯也极其顺利，男人老老实实地交代了失手杀害妻子的经过。案子很快就移交检察院了，新的案子又接手了，本来也应该没苏哲什么事情了，可是随着新年的即将到来，苏哲的心变得忐忑。

大年三十，下班前他开了车直奔超市。

他去得有些晚，老奶奶说年夜饭已经吃过了，也不知道吃了啥，看不出任何痕迹。他把自己买的东西一样样摊到桌上。

这时候，天已经黑了，风刮得窗棂铿啷啷响，远处响起零星的鞭炮声，小女孩默默地看着他忙碌的样子，忽然哽咽起来："叔叔，我爸爸呢？"

小姑娘的眼泪鼻涕糊了一脸。他不敢回头，尽管他已经编好许多美丽的谎言，但终究还是心虚。孩子放声大哭了。老奶奶急忙搂过孙女的头，带着哭腔低声安慰说："乖瓜，爸爸苦钱呢，苦钱供伢子上学、买花衣服。"

另一边，爷爷自始至终抱着个旱烟袋，泥塑一般。

苏哲停下动作，瞧着面色黝黑、容颜灰暗的孩子，瞧着她穿着很脏的红棉袄，一双小手干裂成乌龟的背。他别过头去，眼窝子有些湿了。

"打住。"他对自己说，极力使自己的声音变得明亮，"哎呀，什么东西这样香？"

谢天谢地，随着桌子上的大包小包变得空瘪，陌生感逐渐消弭，小姑娘对他显出了几分依恋，几分亲热，他几次想抱抱她，她却又显出一种小大人般的警觉和羞涩，苏哲也就断然打消了这个念头。他们走出屋子，来到门前的空地，空气凛冽，直入肺腑，使人身上微微打着寒噤。苏哲掏出打火机点燃烟花，眼看着它们一朵又一朵在深邃的夜空里绽放，化成流星雨，又缓缓落在房顶、树梢、黑夜的时候，苏哲终于安心了。他明白自己如果不跑这一趟，会失眠的。

只是大年三十没和家人吃团圆饭，媳妇很不高兴，说是一年忙到头，这大年夜的也加班，他没敢告诉她实情，他们夫妻不是一类人。她是精明的主妇，绝不会错用半分钱。像许多男人一样，他只得背着她私设了小金库，原想偷偷补贴一下乡下的父母，却总遭拒绝。这回，他心里算计着这钱的去处，心里亮堂了。

在水一方

万万没想到，单位组团旅游，目的地竟然是金湖！

志明的脑袋"嗡"地一响，心也跟着烦乱起来。他前思后想，整整三天，还是决定报名。

晓芬责怪志明说："不像话，说好国庆节哪里都不去，在家陪我追剧的。"

"对不住，你知道我耳朵根软，架不住同事们的劝。"

"你们去哪里？"晓芬问。

志明有些慌神，支支吾吾地回答说："好像是扬州一带吧。"

晓芬用锐利的眼神扫了他一眼，不再问了。

志明暗暗松了口气，为自己机智的回答感到庆幸。

日子过得飞快，转眼就到了那天清晨。单位包的是三十三座的客车，大家坐得松松散散。从上海一路颠过去，五六个小时的行程，吹吹牛，说说笑笑，也没觉得路途遥远。志明还特地留意一路的景致变化，除了高耸林立的楼房渐渐低矮了些、稀疏了些，树木倒是越来越浓郁，花草的香气、庄稼的香气，和着清冽的水汽，慢慢笼罩着志明，充盈着他的心情，温暖、埋怨、难过……说不清有多少种情绪在他心里轮流登场。

在金湖大桥的入口，路边上等着一个细长个子、穿白裙的女孩子。车门打开，她轻捷地跳了上来。

"各位旅客朋友们：大家好！我叫小洁，很高兴在这样一个阳光明媚的日子里见到你们，首先我代表我们公司——金荷旅行社对大家的到来表示热烈的欢迎！"

小洁，三年前第一次见她的时候他就被惊艳到了，眼下，她的美又多出了几分典雅和成熟的韵味，举手投足间透露出一种水乡女孩独特的韵味。

她解说的时候喜欢微微仰着头，白皙的脖颈处，右侧，一粒豆子大的黑痣，像颗熠熠生辉的黑宝石，分外耀眼。晓芬说过，这种痣是保证女孩子享受财富的痣，可她是个妖精，妖精本身没有多少钱，她却有本事让别人把钱花在自己身上。事实证明晓芬说的话没错。

如今这个妖精距离自己只有几步远，志明有些心慌，他刻意地把帽檐往脸部遮了遮。

临行前，志明一直在反复盘问自己，会不会碰上？要不要见见面？可不，一来就撞见了。真是无巧不成书！志明的心里如同打翻了五味瓶，他还没准备好要怎样面对她。

好在接下来的两天，小洁灵活的身影一直和他保持着恰当的距离，不远不近，够不着说话，也就避免了尴尬。同行的人倒是和她打得火热。某主任八十岁的老母亲，腿脚不灵光，上下车时有些磕磕绊绊，小洁眼疾手快，每次都上前搭一把，扶一下，老太太乐得直夸奖：这闺女长得美，心也善。

如果苏南是一幅多姿的水彩风景画，那苏北就是一幅凝重厚实的油画。有"淮尾明珠"之誉的金湖县城，从上到下，从内到外浸透着水的灵秀与温润。

志明一面用手机不断拍照，一面后悔没带晓芬来亲身体验一番。苏北早不是她想象的模样，更非她当年插队时的穷乡僻壤。这两天，他们吃住在农庄，瓜果蔬菜，就地取材，现摘现吃，水塘里网出的鲜鱼，鸡窝里热乎乎的鸡蛋，当地出产的稻麦豆谷、桃梨果枣、水生菱藕芡实，晶莹剔透的淡水虾、个儿大味美的长绒蟹、盖大肉嫩的金湖鳖、体态丰圆的无鳞鳗，滋味绵长。

夜里，志明梦见晓芬跺着脚大吵大闹：我八辈子也不想去那样的地方。

一睁眼，天亮了。

小洁苗条的身影在他窗前一闪。他打开门，听得脆生生的一声："爸！"后面跟着冒出他恨铁不成钢的儿子，也怯怯地叫了声："爸！"

志明上前，爱恨交织地捶了儿子一拳头："你怎么也在这里？"

"这是我们的家呀。"

"这是你们的家？"志明不相信地睁大了眼睛，"偌大的庄园都是你们的吗？几十亩的果园都是你们的吗？"

"是的，小洁开了'金荷旅行社'。我承包了200亩土地，建设出种养结合的家庭农场。如今已经初具规模。爸，这才是我想要的理想生活。"

看着儿子兴奋的脸庞散发出健康的色泽，志明不得不在心里彻底推翻了自己的偏见。原本他认为儿子还可以去更大的平台——美国环境技术出口委员会上海代表处，国际交流协调官。谁想到自小出生在上海的儿子根本不愿意留在上海，他想去农村更广阔的土地上策马扬鞭，快意人生。尤其是认识小洁以后，那梦想，本来还是一粒种子，转眼就成为一棵大树。他瞒着父母偷偷卖了在上海市区的婚房，和小洁直接到金湖安家落户来了。

晓芬认定小洁就是罪魁祸首！不但不肯承认她这个儿媳妇，还和儿子断绝了来往。这不，三年了！

"爸爸，您原谅我们了，对吗？"

"没那么简单，我这趟旅行是瞒着你妈妈的。"

"那我们一起给妈妈视频吧。"儿子提议。

志明犹豫了一下，说："我们还是先拍张合影发过去，看看她啥反应。"

只几秒钟，志明手机就显示了视频通话，他战战兢兢地接通了，假装轻松地说："嘿，我在金湖呢。"

"知道。"

"你咋知道？"

"跟你过日子三十几年了，你肚子里那点弯弯绕绕能逃出我的眼睛？"

志明"嘿嘿"笑了。

晓芬眼眶泛红。

小夫妻两个赶紧对着视频喊："妈妈，请您原谅我们！妈妈，我们想您！"

对面传来一阵隐忍的抽泣。半晌，只听晓芬说："妈妈也想你们。"

志明趁机接过话茬说："金湖可真是个好地方。"

"我知道。"晓芬破涕为笑，"你的同事天天给我做直播呢。没想到金湖这么美。我明天就坐大巴车过去。"

"不用，妈妈，我和小洁这就开车去接您。"

旁边顿时传来噼噼啪啪的鼓掌声，同行的人不知道什么时候已经围拢过来，他们个个提了一篮子新鲜瓜果，郑重地对志明说："谢谢你，老爷子。"

"谢我什么呀？"

大家立刻朝小夫妻俩努努嘴，我们这次旅行都是他俩安排的，全程免费。

志明朗声大笑说："啊呀呀，我亏大了。"

安　心

李大爷死了，有人转交给我一个包裹，说是李大爷的遗物，指定给我。

掂了掂，还挺沉。

三年了，我常常忍住干呕走近那个衰老、垂死的生命，给他送米送油送温暖，帮他清洗蓬草一样的乱发与胡须，他咳嗽，喉咙口仿佛总被老痰堵着，发出拉风箱一样的喘息声。我送老人去医院，隔三岔五地探视。老人笑了，脸色红润了，精神饱满了。每次，他那深陷的眼窝里都会流出眼泪来，用手语表达着他的感激。

我是大爷的党员儿子，该给他当最后一次孝子。

谁知，真正的孝子回来了！深蓝色的宝马一直开到茅屋跟前！

这真是一个令人震惊的消息。大爷明明给我比画说他儿子死了呀！

开吊的那天，我去送老人最后一程。

有人事先通了气，那个"孝子"一直迎我到公路边上，一见面就不停作揖。这个四十多岁的男人，留着蓬松的胡子，还有飘逸的长发，除了眼神和老人有几分酷似以外，他们完全是两个世界的人啊。

"我父亲——"才说了三个字他就哽咽了。

"早知如此，何必当初？"我做了个决绝的手势让他打住。

"求您，说说我父亲吧。"他耷拉着脑袋，枯萎着面孔，紧紧抓住我的手，仿佛那里藏着他父亲留下的某种秘密似的。

"你父亲有很严重的气管炎，咳嗽得厉害。"我边说边甩开他的手。他略显尴尬，两只手一会儿无望地垂下，一会儿又无所适从地绞在一起，期期艾艾地用家乡话解释道："我知道他有这个老病，我老早就给他寄过钱，让他看病，总被退回，也托人给他带过钱，就是一分不用。"

"光寄钱有个屁用啊？"我克制不住地爆了粗口，说实话，如若不是他的妻子儿子在旁边，我真想抽他。他凭什么把自己年迈又残疾的父亲扔在老家不闻不问？

"我还以为大爷没儿子呢。"我睨了他一眼，言语带刺。

他羞愧地流出几滴泪水，拼命解释："这些年多亏了你……

我去美国之前，我妈妈还在，浑身是病，家里一贫如洗，都不同意我走。可当时有个企业老板愿意资助我，我舍不得放弃。我妈妈在我去美国第二年就去世了，没通知我。父亲恨我。我不怪他，是我硬生生切断了与他们的一切联系。起初没钱回来，后来是没时间，再往后就是没脸了……"

说话间，一个小男孩调皮地缠上来，他温柔地用英语示意他安静，孩子撒着娇，一对圆溜溜的眼睛骨碌碌地来回转动，显出对陌生环境的一种亢奋。我猜想，这孩子永远也无法理会那躺在棺材里的老人，和他究竟有着怎样的血脉联系。

躺着棺材里的老人，又如何能感知眼前这个活泼可爱的生命，是自己播撒在大洋彼岸的种子呢？他是不是该为此骄傲呢？

我凝望着老人的照片：一如既往的忠厚神情，笑容里藏着胆怯。从未有过的荣幸，被这么多花篮和花圈围绕。气派的棺椁，白缎子制作的灵幡随风招摇，服饰齐整的吹鼓手不间断地演奏，来吊唁的村邻们络绎不绝，"福如东海，寿比南山"的瓷碗、花毛巾装在漂亮的礼品盒里，是磕头之后的谢礼。

我有事提前走了。李大爷已经不再需要我，他需要一场豪华的葬礼，好让活着的人安心。他的好儿子，在他从不敢走进去的酒店摆了五十桌白宴，买了最昂贵的骨灰盒和墓地，花掉了他一辈子都没有花过的钱。

临行的夜晚，那个孝子独自上坟，提着一个银光闪闪的酒瓶，拔开塞子，哗哗倒了一地。"爹，儿子请您喝酒啦。"以头触地，咚咚有声。"爹，儿子给您磕头啦。"咚、咚、咚。"爹，儿子替您的孙子给您磕头啦。"然后，仰起满脸的泪水，迎着月光，用悲壮而苍凉的声音喊道："月亮啊，以后就拜托您看望我爹啦。"

我默默地站在他的身后，把那个包裹放在地上："这是你爹的遗物。"

"你拿着吧。"他背着我并未起身，说，"你拿着我才安心。"

"你安心了，我就不安心了。"说完要走，他疾步上前，把那个包裹硬塞进我的手里："拜托您，把它送给需要的人。"

这次，我主动和他握了握手说，拍了拍他的肩膀："好吧，我原本也打算把它捐赠给村里的敬老院，现在我替他们谢谢你！"

珍贵的礼物

我想死。这个念头一路伴随我。

推开家门，我实在忍不住，流泪了。出去晨练的老头子随后也开门进来，急急地问我："怎么啦？"我在用掉一堆面纸之后，掏出一大串钥匙，抠出其中的一把，狠狠地掼在地下，"咯啷咯啷"，它在瓷砖地上经过几个漂亮的空翻、扭转，竟不知好歹地又回我的脚边。

"咦，这不是咱儿子家的钥匙吗？"老头子弯腰捡起来，撮着嘴吹吹。

"那是你的儿子！"我气鼓鼓地强调。见他还宝贝似的捧着钥匙，我八处来火，猛一跺脚："快扔了！"

老头子咽回了想说的话，找到纸篓，"砰"地一扔，表达出对我诚挚的安慰与支持。

今天早上，如往常一样，我辗转两趟车才赶到儿子的小区，爬上五楼，累得气喘吁吁。我顾不得小歇，掏出钥匙，寻到最亲切的那把，对着锁眼熟门熟路地戳进去，竟然戳不进。太阳还没串门，楼道光线有些暗，我一巴掌拍亮感应灯。再戳，再捅。三番五次，后背上沁出细密的汗珠来了。

忽然"吱呀"一声，门从里面打开。儿子穿着睡袍，睡眼惺忪："妈，你来得好早啊！"

"还不是怕你们来不及吃早饭？"我笑吟吟的，一面换拖鞋，一面得意地说，"昨天我包了三种馄饨搁冰箱里了，有青菜香菇馅、韭菜肉馅、糖醋虾米馅，你们想吃哪种啊？我给你们做。"

"今天礼拜六呀。"儿子打着哈欠。

"阿弥陀佛。我又忘记了，那你再去睡吧，你们啥时候醒了我啥时候做。"我满脸歉意地朝儿子摆摆手，踮起脚尖，轻轻溜进厨房。我打开水龙头，冲洗杯子、勺子，这里擦擦，那里抹抹，烧一壶开水，灌两瓶水。打开冰箱仔细检查，水果、酸奶摆得满满当当，琢磨着再要补充点啥。

都说婆媳是敌人，我偏不信这个邪，我待儿媳妇如同亲闺女。上个月我六十大寿，面对孩子们亲手做的大蛋糕，我默默许愿，一愿小两口相亲相爱，二愿我们老两口身体健康，三愿家里再添新丁。

从厨房到客厅，从客厅到卫生间，我猫腰走猫步，身轻如燕。

洗衣机上窝着儿子的短裤、T恤，媳妇的连衣裙和红色小内裤。我分门别类刚泡进盆里，穿着睡衣的媳妇，悄无声息地出现在我身后，拉长了脸，夺过盆子说："妈，我跟你说过多少遍了，我的内衣你别洗。"

我甩甩手上的水珠子说："没关系啊。"谁知道她根本不承我的情，蹲下身子搓揉起衣服。

顿时一口气堵上胸口，我还得装作若无其事的样子说："要不，妈去菜场给你买只老母鸡炖炖？夏天吃，大补。"

到了楼下发现坤包不在手上，好像进门时扔鞋架上了，只好又返回来，捅门，钥匙还是捅不进去。

门再次从里面打开，儿子面无表情地说："你的钥匙开不了，我们换锁芯了。"

"锁坏了吗？"我问。儿子敷衍地"嗯"了一声。

"那赶紧给我一把呀。"我催促道。

儿子迟疑的样子让我不解，他说："妈，以后你就别来给我们洗衣服了，洗衣机很方便的。"

"那早饭呢？"

"您也别操心。"

我的心脏骤然紧缩，儿子的家里是不愿叫我来了。

我转身就走。儿子弱弱地叫了声"妈"，默送我的目光如芒刺在背。秋风凉薄如水，在楼道里哗哗流淌，走过千遍万遍的楼梯，忽然感觉那样陌生。

俗话说得好，儿大不由娘，无论我怎样努力，都是徒劳呀。从前就有人劝我，别为儿女拼死拼活，年轻人都不领情的。果然，好心被当作驴肝肺，热脸贴上了冷屁股。

老头子耐心听完我的委屈，呵呵一笑说："儿媳妇可是你亲自挑的。"

"儿子可是你亲生的。"我白了他一眼说，"我就后悔当初自己没生一个，到底是，隔层肚皮隔层山！"

"又说那话。"老头子嗔怪道，"儿子从小就听你的话，长大了也乖巧，他明明想跟同事小刘谈，你硬给另外牵线，儿子最后不顺了你的意？"

"他若不顺我意，婚房别想买。"我说，"当年我为他，听你的话硬把自己三个月的骨肉给刮了。"

"是啊，是啊，你是我们家的大功臣！"老头子揽住我的腰安慰道，"对了，你不是一直想去云南吗？我们出去旅游吧。"

我欣然接受建议，于是，便有了一场说走就走的旅行。不为跋涉千里的向往，只为漫无目的的闲逛；不为人山人海的名胜，只为怡然自乐的街景。或走，或停，从一个地方到另一个地方……大自然的疗养院里，没有恐慌，没有不满。花香鸟语，江山如画。我的身心得到了前所未有的放松，怨气一扫而光，情绪慢慢平复。

回家。儿子儿媳为我们接风。年轻的主妇端盘子倒水，忙前忙后。老头子一直悄悄按住我的手："只管喝茶聊天。"

那晚，小两口一直送我们老两口到楼下。不料，我把手机忘记在沙发上，又回返，他们的门没关，我恰巧偷听到小两口的私房话，泪水顿时糊了眼睛。

……

"咱妈这次旅游回来脸色多好！"媳妇说。

"是啊，亏你想出这个鬼点子，不然她的身体哪里经得起每天来回折腾？俺爸不放心她那抑郁的毛病，天天借口晨练，偷偷跟随，一路护送她风里来雨里去，实在是不放心呢。"儿子说。

"你主要还是担心你爸吧？"媳妇问。

"不，也担心我妈，她这辈子晚娘当得很辛苦，对我视如己出。虽说当初把你——她的亲侄女介绍给我当老婆是有私念的，可是你漂亮又贤惠，倒让我捡了个大便宜。你是她送给我的最珍贵的礼物！"儿子说。

媳妇说："去、去、去！"

父亲的遗产

　　梁燕是我固定的麻友，她是个有钱的主儿，从头到脚都花钱捯饬过，这是别人说的，她自己从不承认这回事。我曾经近距离研究过她挺直的鼻梁和双眼皮，被她察觉，她立刻配合地扬起脸，抓过我的手在她粉嫩的脸蛋上拍拍，自信地说，天生的尤物，假不了。她老公常年在江浙沪一带做生意，聚少离多，只要梁燕换了包包或者手指上又多出一枚亮闪闪的钻戒，我们就都知道他回来了。这样的女人，如果不吃点苦头，别人心里是很难平衡的。

　　没想到第一个让梁燕吃足苦头的是她父亲。那天，她牌运特别差，连输了几把，听凭手机铃音响个不停。她瞟了一眼说：

"我老爸，特烦人。瞎操心，不让打麻将，要我出去找工作。"

哪知，这几个电话都是保姆打来的，她父亲病危了。等到打完麻将赶到医院时，人已经没了。令梁燕万万没想到的是老人的遗嘱里，十几万的存款和老屋全部留给了保姆。

简直是晴天霹雳。

梁燕曾经的家，怎么舍得拱手让人？院子里的桂花树，那是父亲在她十岁生日的时候亲手种植的，如今已经枝繁叶茂，有一侧的枝条一直伸展到房间的窗子跟前，每到秋天，金黄的花瓣时时掉落下来，阵阵清香弥漫着整个庭院。梁燕无法想象，伴随着青春记忆的这座房子、这棵树会不再属于她。往事历历浮现在眼前……梁燕母亲去世得早，父亲怕她受委屈没再续弦，独自把她拉扯大，尽自己所能供她衣食住行，哪样都不比周边孩子差。然而，正是这样一位慈父竟然剥夺了她的继承权，做出了不通情理的事。

我们几个麻友陪着梁燕去把保姆的东西一样一样扔在地上，用脚踩着、踢着。我们教她在网上发帖子："缺德保姆骗光老人所有家产"。她老公倒好，老人一下葬他就溜之大吉了，不但不帮她，还怒冲冲打来电话责问她："发这些东西有什么用？保姆上网吗？有本事你打官司去。"

"你帮帮我。"梁燕低声哀求，回答她的竟是冷酷的嘟嘟声。

我拍拍梁燕的肩膀安抚她："不怕，有我们呢。"可是，不久我就为自己说了这样的大话而羞愧了。打官司需要钱，梁燕找我借钱，我推说手头紧，一分都没借给她。我妈说："不借也罢，她又没工作，拿什么还你？"俗话说人倒霉的时候喝凉水都塞牙，她真走了霉运，继承权的问题还没解决，老公又和她闹起了离婚。

我们当中的一个麻友小芳消息灵通，有一天在路上遇见我，非把我拖到附近的咖啡厅里去，神神秘秘地告诉我说："律师看了梁燕提供的监控，推手不帮她了。"

奇怪，我之前听说那个律师对这个官司很感兴趣，主动找上门来要帮梁燕。小芳看我满脸疑惑的神情，咯咯笑个不停。她说："梁燕得不到遗产真是活该，她伤了老人的心了。律师本来是想从监控里找出点证据对付保姆，结果发现保姆很尽责，梁燕很不孝。"

"再怎么不孝也是他女儿呀。"我觉得还是难以理解，"总该留一点给梁燕吧？"

听说是有一个信封留给梁燕的，但不知道里面装了啥。

"肯定是一封信！也可能是一张存折。"我猜测。小芳摇摇头说："绝对不会这么简单。"我的好奇心被勾起来，很想跟梁燕问个究竟，可是许久不联系了，不好意思问她这个事。

直到十年后，再次见到梁燕，久别重逢，难免旧事重提。梁燕感慨地说，那时候她难过得差点自杀，亲情、爱情、友情相继失去。犯罪学有个理论叫破窗效应，当你弱的时候，像一面破窗，坏人闻风而至，随意朝你扔石头。

梁燕的话使我感到不安，脸蛋莫名发烧。我开玩笑地说："我可没朝你扔过石头。"她点点头，眼眸深处分明闪过一抹嘲讽的微笑，说："我并不埋怨任何人。上帝是公平的，他在关闭一扇门的同时，打开了另一扇窗。我从贩菜、贩卖服装开始，依靠自己的努力积累了资本。今天，我夕阳红养老院的开业典礼，你们几个麻友都能赶来捧场，我很高兴，今晚我请客，一醉方休。"她的话使气氛顿时活跃起来，从前的亲切感在我们心头复苏。她带领我们四处走动，兴奋地谈起各种话题。看她眉飞色舞的样子，我趁机问："听说你父亲当年还给你留过一个信封？"

"是呀。"梁燕说，"正是信封里的东西使我放弃了那场官司。"

梁燕把我们引进大厅，停在一处玻璃展柜跟前。展柜内，金黄的绸缎托着精致的相框，里面镶嵌着一枚亮闪闪的一元硬币，下面还有一排钢笔字：我留给你一块钱，因为你的孝心只值一块钱。

难怪梁燕要创办这样一座养老院。

"真想不到。"我说，"你老爹也怪狠的。"

梁燕却坦然一笑："我相信这是父亲的良苦用心，还有你们更想不到的。"她指着远处大厅的一角说，"看看那是谁？"

一位大妈蹲在地上，细心而又娴熟地擦拭着花盆里沁出的水渍印。

天哪！那个保姆?！

谢谢你

瓢泼大雨中，有人按响了门铃。

一个落汤鸡似的男人，把一大堆工具"啪"地扔在我家门口的水泥地上，仿佛再坚持一秒钟他就要爆炸了。

"是你家的太阳能坏了？"熟悉的破锣音，竟然是我曾经的邻居。

不只是声音，长相也令人不快。"瘦猴"是最精当的表达，"死人相"是熟人背后对他的谩骂。要说一个人长得丑是老天爷的失误，也不能怪罪他啊！问题是他这样一个人，大约从来不照镜子，自我感觉还特别良好，见人摇头晃脑，大话连篇，给别人带来的种种不适他自己并不知晓，举手投足间流露出滑稽的自信，见到漂亮女孩子总是抢先贴上去，做着一个又一个"癫蛤蟆想吃天鹅肉"的梦。

突然，一阵惊雷，滚过楼顶，耀眼的电光石火之后，那雨更是瓢泼一般从屋檐、墙头和树顶跌落下来，砸在玻璃窗上，急速汇成溪流，挂出一层层珠玉帘子，模糊了视线，割裂了世界。

这一刻，我后悔得要死，遇上这样的鬼天气修太阳能！偏偏丈夫出差了。应约而来的又是他！我明明知道，两年前他因小偷小摸、打架斗殴被判了实刑的啊！怎么就成了维修工了呢？

"想不到是你家。"他显出莫名的兴奋，笑容挤出满脸的菊花。不等我发出邀请，便自作主张地提起地上的一包工具从我身边挤进来，雨水的凉气夹杂着从他身上散发出的酸气，像胃胀气的消化不良，令人厌恶和不安。

他大大咧咧地往客厅的凳子上一坐说："顶楼我上去过了，太阳能没坏，可能是卫生间里的闸头坏了，水上不去。"

我一面"哦哦"地应承着，一面盘算着要不要给丈夫打个电话。

这当口，他头发上、衣服上、鞋子上的水被地球引力牵引着全都"滴滴答答"淋在了我家的地板砖上，蜿蜒成细流，蚯蚓一样顺着砖缝爬行。

"麻烦您了，没有太阳能实在不方便。"我一开口便滔滔不绝，反复抱怨起太阳能的质量问题。

他嘴唇翕动，目光游移，却并不搭我的腔。

只听到外面的雨哗哗啦啦。

"闸头在哪儿？"他冷冷地一问，我急忙慌里慌张地把他领进卫生间，狭小的空间里只容他蹲下身子，他拿出钳子，一下一下拧着那闸门，我被迫贴墙站着，毕恭毕敬。因为稍不留神我的腿准能碰到他的头，我屏住呼吸，喉头发紧，心跳如鼓。

"有个技术就是好。"我竭力找出话题，试图打破可怕的安静。我听见自己清清楚楚地问他："你结婚了吗？"

话一出口，我的牙齿就上下磕碰得咯咯作响，恨不得立即咬断祸根，吞舌自尽。他果然停下动作，抬头看我，那双小眼睛闪着柔和的蓝幽幽的光。

时间凝固成一股绳，套住我的脖子，无法喘息，心脏骤停，只是几秒钟却如一个世纪般漫长。好在，他又低下头去拧那千年万年也拧不完的该死的闸头，边拧边开心地说："我都快当爸爸啦！"

我大感意外，刚出狱不久，就把人生大事给办了。谁家的姑娘头脑发了热？正胡思乱想着，他腰间的手机响了，他站起来接电话，边上有了空隙，侧身就能过去。我瞅着，思忖着如何挤出去，又怕自己表现得像只受惊的兔子，反倒刺激到坏人的坏念头。

谢天谢地，他在电话里答应人家半个小时之内到达。我暗松一口气。

"城南中学的线路出了问题，叫我赶过去，学生上不了晚自习。"他一面告诉我一面急急地再次蹲下身子。

"哦，你还会电工？我家的廊灯坏了，待会儿请您看看？"

"没问题。"他爽快地答应了。

警报解除，气氛竟有了小小的活跃。

也许又有下家，他的动作变得麻利多了，修好闸头，他又立即就在门廊里架起铁梯，噔噔噔地爬上去，迅速拆开吸顶灯的灯罩，看了看说："这是小问题，灯泡坏了，你去买只二十五瓦的灯泡来。"

买灯泡？我倒吸一口凉气，听到外面一阵咝咝声，好像暴风雨继续肆虐的咆哮，一丝不祥的暗影爬上了我的心头。我想，他可真狡猾。

"算了。"我说，"外面雨大，下次我自己买一个装上就行了。"

"前面的小店里就有。"他很执拗地说，"你下次哪儿来现成的梯子和工具？"他说的话就好像砌墙一样，砖头们合榫合缝，逻辑严密，我无法反驳。

"拿把伞快去快回，我在这里等你。"他好像非要把我赶出门不可。

我再也找不到借口，只好磨磨蹭蹭地去拿了伞。他却又"噔噔"下来说："要不，还是我去吧。"

"不，不，我去！我去！"瞄一眼敞开的门，我急速冲进雨幕。

我在风雨中飞奔，泥水直溅到脸上来。

到家，看到他正蹲在台阶上安静地抽烟，我把灯泡递给他，就急忙进房间，悄悄打开橱门。我们都用了不到两分钟的时间干好了各自的事情。看他一声不吭地收拾好工具，我忽然想起该给他倒杯水，他大口地喝了。我又翻箱倒柜地找出一包烟，他挺了挺腰杆，连连摇手笑着说："谢谢你，公司不允许。"他把"公司"两个字说得很重，语气里分明透着骄傲。

他走了几步又回过来，深深鞠了一躬说："谢谢你！"

回　家

终于要回家了，她的眼泪止不住。

她一直不敢回，不愿回。在外漂了十年，仍然穷酸，兜里没钱，总是气短。如今，怀里又多出一个非婚子，她该怎样面对乡邻？随着一拨人又一拨人上上下下，火车按部就班地吞吐，二十几个小时的旅程，好快呀！

十年不过一瞬间。

恍惚，她听见母亲追赶的脚步就在身后，在家乡那坑坑洼洼的小路上，顶着稠密的雨丝，她一路飞跑，脚步坚定地奔向城市迷人的灯火，把母亲伤心欲绝的呼喊抛在贫瘠的乡村。

"王小妹名声不好，我不放心你跟她走。"母亲曾竭力劝阻，"非要出去，也得等嫁了人，跟丈夫一起出去才是个理。"

她明白母亲的话没错，乡村规矩大，女孩子名声臭了就贬值，很难再找到合适的婆家。别看王小妹回家大包小包地提着，但爹娘唉声叹气，哥嫂也不待见她，邻居们叽叽咕咕，指指点点，离她远远的。

王小妹根本不在乎这些，照样天天涂脂抹粉，随手从小坤包里掏出烟和打火机，动作娴熟地点上，斜倚着门框或者门前的柳树身上，嘻嘻地笑。

"谁稀罕住这里？"她对三妮说，"农村的厕所最让人受不了。"王小妹说这话的时候，忘记了自己的出身，她招手让三妮陪她上厕所，从头到尾皱着眉头，捂住鼻子。

"三妮，你知道吗？城里都是卫生间，来去冲冲，没有任何异味，哪像家里的茅缸，猪圈旁边搭个茅草棚，挂个破麻袋，臭气熏天，蛆虫遍地。稍不留神还会被曝光。"

"啥叫曝光？"三妮傻乎乎地问。

王小妹用涂红指甲油的手指头，点了一下她的脑门："你刚蹲下就来个爷们，被他看到你赤白的屁股。"

三妮的脸蓦地红到耳朵根。

"想跟姐姐出去吗？"王小妹朝她打量一番，"不错，身材比我丰满。凭这，你去城里就不愁吃喝。"说完，挤眉弄眼。

三妮有些害羞，她不敢迎视王小妹的目光，也不搭她的话，只低头一下一下踢着地上的石子。

"爱上一个不回家的人……"王小妹的手机铃音悦耳动听，

手腕上彩金首饰耀眼一闪，跑远处去接电话，"咯咯"的笑声冲击着三妮稚嫩的心脏，她感受到了王小妹手机那一头的丰富和诱惑。

王小妹走了，三妮很惆怅，握着她留给她的电话号码，心里涌起一阵阵冲动。可是，母亲近来对她防范得很严，眼光总是锐利地射过来，令她胆寒。

乡村的夜晚，黑灯瞎火，没有可以娱乐的地方，只能在母亲严厉的催促下，熄灯，早早地蜷进被窝。窗外清冷的月光照进来，悲哀与温暖也一同涌进心里。

一个个卷铺盖出逃的身影，越来越多的空房子，一把把无一例外生着锈的铁锁，日渐荒凉寂寞的乡村，终将无法挽留住一个少女的心。趁着一个雨天，她从母亲的眼皮底下逃了出去。

她找到了王小妹。

"乡下女孩子到城市里来都是奔着钱来的，钱在哪里？在男人的口袋里！"一见面，王小妹就给她洗脑。

无奈之下，她只能接受了王小妹的安排，陪着不同的男人喝酒、唱歌、跳舞。

钱来得快，去得也急，她始终没有什么积蓄。

生过病，蹲过号子。这些她从未和母亲提起过，只是这个孩子，她瞒不过母亲，那是她爱情的见证呀。

"他既然爱你，为何要丢下你？"母亲的声音含着怒气。

"他也不想这样。"她哭了，"原本我们婚礼的日期都定好了。"

"你为他留了后，算是对得起他了。"母亲委婉劝说，"把孩子留给爷爷奶奶吧，他们有经济能力。再说，你以后还是要嫁人……"

配合着有节奏的咣当声响，火车终于停靠，广播里正在播放一首舒缓的萨克斯乐曲，安抚着三妮纷繁复杂的心绪。她随着人流一点点往外，背负着超大行李，一手抱着刚满月的儿子，一手提着帆布包。低头瞧瞧怀中的宝贝，浑身增添着无限的勇气和力量："你是一树一树的花开，是燕在梁间呢喃，你是爱，是暖，是希望，你是人间四月天。"林徽因的诗歌她只会这么几句，最能表达自己对儿子的爱。

爱，是多么神奇的字眼啊！

凉山州的一场大火，烧毁了三妮和他的缘分，却没烧掉她的爱。"心若在梦就在，天地之间还有真爱，看成败，人生豪迈，只不过是从头再来。"这是他以前爱唱的一首歌，现在却成了三妮的支撑。他是她的英雄，尽管，从法律上来讲，他这个英雄和她并无多大关系，抚恤金都没她的份儿。

何苦呢？

可她舍不得啊。谁能明白这个孩子于自己的意义？这是她在经历了人世间的苍凉以后的最后守望，是她能活下去的无限勇气，是她离家又回家的最大收获。

满头白发的母亲在小路上颤颤巍巍地迎她，接过她手中的婴孩，爱怜地骂她："我的傻闺女呀！"

三妮"扑通"跪下了。

犯　戒

近日，主任的脸色不好，海斌压力大。要知道他所在的这家医院，今年上半年业务收入再创历史新高，百分比增长的数字是惊人的。海斌要是不"高"，怕是饭碗就没了。

今天轮海斌坐诊，病人寥寥无几，偶尔有人探一下头，打听某某医生的去向后就匆匆走开。

海斌望眼欲穿，下午总算来了一个病人，五六十岁模样，魁梧身材，红黑脸膛，手上拎了个很沉的蛇皮袋子，进门前先跺了脚，把袋子往墙上一靠，十分恭敬地喊了声医生。海斌接过挂号单，点点头示意他坐下，推推鼻梁上的眼镜，调整好面部肌肉。

"医生，我这里不舒服。"他按压住小腹以上的位置向海斌袒露他的痛苦，说最近那里经常疼痛，反酸，打嗝，恶心，厌食乏力。海斌立刻明白这是消化道的疾患，应该去挂消化科的号。但是海斌一本正经地望闻问切，认真地填写病历，麻利地开出胸肺透视检查单，还有血检、尿检化验单等，先给他来个全身大检查。

"我以前从不生病，就是最近出现了这些毛病。"他捏着一堆单据，眼睛里显出迟疑，央求道，"医生，能不能少检查几项？"

"不行。"海斌的回答十分肯定，"都是必需的项目。"

"估摸得多少钱啊？"他忍不住又问。

海斌用犀利的目光扫了他一眼，问："钱重要？命重要？"

他被海斌的话吓着了，没敢再吭气，转身逃也似的出去。

海斌用笔在纸上粗略估算了一下，脸上浮现小小的得意。但很快他就收敛住笑容，咬住笔头。这个动作是他学生时代落下的毛病——考前综合征。

一个多小时后，病人拿着各种报告回来了，额头上沁出油亮亮的汗珠。他低声下气地恳求说："医生，我尿检能不能不检啊？明天才能拿到，我今晚要赶回去呢，家里孩子、老人没人照应。"

海斌点点头。他如释重负，感激涕零，指着那个蛇皮袋子说："这是我们山里的红薯，又甜又面，给您尝个鲜。"

"不用。"海斌断然拒绝，"我是个单身汉，在食堂里吃饭。"

"您一定要收下，我本来是打算卖了给孩子换点文具书本的，谁知半道上车子爆胎，把时间耽搁了，再扛回去也挺重的，就算帮我个忙吧。"

"哦。"海斌勉强答应着，又给他加开了两种进口的西药，消炎止痛的。

海斌仔细查看了他的血检报告，确信他就是消化道出了些毛病。海斌明白自己给病人开的药，对治疗消化道疾病一点帮助也没有，于是建议说："你的消化道还有问题，你得再去挂个消化道的号。"他顿时愣住了，黑红脸膛显出悲怆的绝望来。忽然，他双手抱头，蹲在地下，哽咽地说："我没钱了，回家坐车的钱都没了，哪里还有钱再去挂号呢？"

海斌目瞪口呆，不知道怎样应付这突如其来的局面，只能眼睁睁地看着病人站起来，跟跄着走出去。他抬起手臂想要召唤他，却又无力地垂下。地上，一袋红薯和病人解放鞋上散落的些许泥沙刺痛着海斌的眼球。

这时，一个女子含笑走进来，递给他一张小字条。她是医院的护士，闲聊过几次，对海斌颇有好感。

晚上，海斌如约而至。女孩主动挽住他的胳膊，把她那娇小玲珑的头紧贴在他的肩膀上。

他心不在焉地问她："为什么喜欢我？"

她打趣地说："因为你不是一般的人啊。"

她的眼睛在月光下闪闪发亮，深情地凝视着海斌说，医生本来就不是一般人。一个人找你看病，把所有的隐私告诉你，把衣服脱光了让你检查，把所有的痛苦告诉你，把生命都交给你，这种人是仅次于神的人呀。

她的话一下子让海斌愣住了，他突然想起老师在课堂上说的医有三戒：医不自治、医不叩门、医不戏病。"可我不是人！"一种前所未有的痛楚猛烈撕扯着海斌的心，他用力推开她，背对着月亮，抱着头，猛然蹲下身子。

发财树

"轰隆"！"哐当哐当"！随着一声声巨响，王邦富乐颠颠往外跑，几句烂熟于心的小曲儿脱口而出。

果然不出所料，只见一辆大货车侧翻了，歪倒在王邦富家的大槐树上，几个臂膀粗的树枝被折断，树叶乱纷纷落了一地。

一阵风掠过，树叶呼啦啦发出低低的呜咽，听起来像是大树的呻吟，又像是人在求救。一丝寒意从脚下升起直冲脑门，王邦富浑身一激灵，打了个寒战。

车上满载的是苹果，大半倾巢而出，车压着树，筐压着筐，斜着，竖着，躺着。裂了，碎了，里里外外一片狼藉。有几个筐子一直甩到了门口的菜园子里，苹果把菜都盖住了。驾驶室的玻璃也破裂了，司机好像被变形的车头卡住了半个身子，头正流血，一面呼救一面挣扎。

王邦富急忙掏出电话来打。

"110""120"他熟门熟路。哪个先打哪个后拨，怎样表述才能又快又准确，他清楚得很。

这样的事故他见多了，都是大拐弯不减速。

他家的大槐树正好长在弯道口，内弯，只要出事故，大槐树铁定第一个受害，不存在幸免。他那几间老屋也在不远处立着，"钉子户"为的就是这棵老槐树。它曾经是月宫里那棵树的翻版，枝繁叶茂，姿态巍峨。春天，密密匝匝的浅绿色叶子，在阳光下闪耀着夺目的光彩，一串串白中透黄的花朵散发着幽香；树底下常年放张桌子，聚拢着尘世的欢乐，吃饭、闲聊、小憩，人们安享似水流年。

可是，自从一条马路从它身边蜿蜒而过，槐树下的雀雀们也都长硬翅膀飞走了，打工的打工，做生意的做生意，各自忙碌。老伴去城里给小儿子带孩子，家里只留下他带着大孙女。日子本来简单、平静，只因随着弯道口事故的不断发生，他的日子也如湖水投进了石子，不时起着波澜。

槐树一年总要受几次伤，树干、树冠被冲击得七零八落、面目全非、毁损严重。最厉害的一次，是被一辆重型卡车撞击，削掉了大半个树冠。

一次次跑交警队，费嘴磨牙。当然，每一次都有丰厚的赔偿装进王邦富的口袋。

交警都认得这棵树，更认得他王邦富。

这棵树，顽强。多少次苟延残喘、死里逃生，都亏他宝贝似的呵护，给它受伤的胳膊绑缚、固定，定期施肥、浇水——王邦富一边浇水一边说："你可不能死了哇，你是我的财神爷呀。"

每次事故，他总是第一时间到达现场，围着大树转了一圈又一圈，比交警勘察还仔细，他甚至掏出小本子来记，主干被削了四分之一，相当于人的大腿受了伤；树杈折断三根，相当于人的胳膊……

随着警灯闪烁，他跟着忙前忙后，表现得非常积极。

这次事故似乎更严重，他居然听到了槐树的呻吟和求救……

警察一到，他照旧第一个迎上去，说："我报的警，也打过120了，司机受伤，还有我家的大树……"

警察摆了摆手，制止他说下去，谁也没有时间听他啰唆。

救人第一。他们迅速撬开驾驶室，把伤员送上救护车。

警察开始勘查现场，镁光灯闪烁，定格了惨祸的瞬间。他们跳进王邦富家的菜园子，用卷尺测量着苹果筐被甩出的距离，有个警察若有所思地问他："现场有过破坏吗？"

"绝对没有。"他连连摇手，一副镇定自若的样子。

忽然，有个警察失声叫道："不好，车底下好像还有一个孩子。"

他一听，头"嗡"的一下大了，他忽然想起来，孙女应该放学到家了。慌着捡苹果，他把孙女忘了。

警察爬到车底下，说："真有个孩子。"

书包掏了出来。这不是去年"六一"儿童节他买给孙女的礼物吗？

"快救人，孙女！"他语无伦次，双腿发软，一下跪倒在地，对着警察磕头。

他嗷嗷哭叫着，声音似狼嚎。他伏下身子，匍匐着想往车底下拱，被人硬是拽住了。

他痛苦地捶打自己的胸口，撕扯着稀稀拉拉的头发。

"都怪我啊，鬼迷了心窍！说这是什么发财树……"

孩子被卡在一个缝隙里，幸亏这棵大树的抵挡使得车子没有完全倒下去。他红肿着失神的双眼在手术室外徘徊，他求菩萨保佑，求树神原谅。他为自己曾经有过的那些卑鄙念头羞愧不已。

怪不得，我听到的大树的求救声，那是为孩子向我呼喊啊……

经过医生的全力抢救，孩子得救了。

同时得救的还有王邦富。

当然，还有那棵槐树。那棵得救的槐树，歪斜的残存树冠被柱子顶着，但依然努力抬头，向着明媚的阳光，酝酿着新的生机。树的主干被鲜艳的红色牛皮纸密密包裹，上面用金色的反光漆写了醒目的大字，老远就能看到：弯道，请慢行！祝您一路平安！

传奇

久远的"丝"念

　　侍女抱进一匹布，闪耀着湖水的光泽。金丝红线绣牡丹，上好的料子。捏一下，竟是烟一样轻软。想象着曾有一双多么灵巧的手，上下翻飞，运用繁多的手法和极快的速度在底布上绣出花样。她嘴角含笑，扯住布边，用力撕扯，"嗞"的一声，又一声，眨眼间，整匹布很快碎成片片小云朵。

　　无数的小云朵在偌大的王宫里飘浮，就像王的女人，朝荣夕毙，招摇一阵就坠入深宫。

　　她蒙住脸哭泣："阿蚕，你怎么还不来救我？"

　　阿蚕有着传奇的身世。他的父母，在接连生下十个女儿之后才诞下一子。年老的父亲疯了一般把他珍藏了多年的窝托罗酒上下泼洒，敬日月星辰、花草树木、虎龙蛇狗，然后捶胸顿足哈哈大笑着倒毙。母亲因悲伤过度也追随而去。他被姐姐们接管，整日啼哭不止。直到有一天大姐捏住一只蚕宝宝来逗他，顿时，他就破涕为笑了。

从此，姐姐们轮番照料他。这家到那家，看似众星捧月，恰恰尝尽人间悲苦。多亏了一茬又一茬的蚕宝宝陪伴着他长大。大姐家的木质窗格上总是爬满成堆的蚕丝，似蛛网，似藤蔓。柔软温暖的蚕丝让他仿佛浮在一个温柔的梦里。他观察蚕们蠕动、吐丝，如痴如醉，废寝忘食。他成了蚕，蚕成了他。对蚕的痴迷急坏了大姐。大姐希望他尽快找到一个如意姑娘，为家族延续香火。

蜿蜒的城河边上，他终于遇上了知音。如丝绸般飘逸委婉的阿桑能歌善舞，光彩夺目。花前月下，他们私订了终身，却不承想，半路杀出个程咬金。王的一次微服出游，折去了阿桑这朵带有旷野气息的花朵。

她被掳进宫里，用水晶瓶子供养起来。倔强的阿桑拒绝着王，一次次以死相拼。她孤独忧伤，日渐消瘦。王听说历史上有美人喜欢听裂帛的声音，竟然效仿夏桀讨好妹喜那样，让人每日拿来整匹丝绸供她玩乐，还找人撕给她听。渐渐地，她真就有了这样病态的嗜好。慢撕快撕，声音都撕心裂肺，亦如破竹、马鸣，如长空闪电，痛快淋漓。她笑一阵，哭一阵，恨阿蚕不来搭救她，辜负了他们生死与共的誓言。

他何曾不想去救她？"宫门深似海，无人对夕阳。"越为情痴狂，越是一身伤。她撕毁绸缎的浪费之举，传到了阿蚕的耳中，他在困惑与痛苦中揪掉了自己一把又一把的头发。之后，他平静地跟着姐姐们养蚕织布，刺绣描画。

谁也不知道这究竟是为什么。他用他那双玩泥巴的粗糙大手，庄重地举起了绣花针。他聪明好学，加上天生的悟性，很快就能在丝绸上绣出植物的根系、高山的脉络、流水的奔腾。他细数着底布上的经纬线挑绣，凭借丰富的想象力，布局谋篇，将一个个单独的局部的图形巧妙组合，形成一个丰满的绣品，达到和谐完美的境地。人们惊奇这些作品竟然出自男人的手，争相购买他的刺绣。

阿蚕的名声传进宫里。终于，有一匹作品送达到阿桑的手中。她顿时泪如泉涌。针线如珠玑，明白如话，她竟读得懂每一个针脚、每一种符号，如同现代人读诗读画，读手机读电视连续剧。往事如烟，那些相遇相知的欢乐，诀别以及思念，丝毫不漏、形象生动地一一再现，光芒四射，鲜活如初。

她用脸去感触那融入阿蚕智慧的图案，滑溜溜的丝线、细密的纹路，靠上去凉飕飕的。她抚摩它们，每一寸丝绸顿时流动起来，光晕不断变化，产生斗转星移的错觉。她在思念中进入梦境，享受着灵魂出窍的奇妙。阿蚕以这样的方式到达了她的身边，安抚她、陪伴她，承诺一生一世。

他拔去了她心里的刺。她也拔掉了人偶胸前的"万箭穿心"。

她哭着向他坦白，她曾经想用巫蛊术害死他，然后再追随他。这是爱!

他却用他的作品告诉她,如果爱无法相守,那就默默守望。活着,才是最重要的。这才是爱!

此去经年,她坦然接受了命运的安排,成了王的后,一位会织绸缎、会刺绣的后。她的作品偶尔会有一两件流落到民间,落到他的手里,他会发一阵呆。

他最终也有了好去处,在背山临水、环境清幽的报国寺里安身立命。

时光飞逝,千年也只是一瞬间。2019 年,在四川乐至县报国寺庙里发现了千年奇观——"树抱佛"。这些佛像造型古朴,大小不一,远远看去就好像长在古树里一样。这一项特大发现,引来了几个精通佛法的专家,他们对古树里的佛像赞叹不已。消息曝光后,有媒体还专门为报国寺拍摄了一期节目。

据说,这些是僧人阿蚕的杰作。他在接下来的时光里观照自然,把他的情感都通过他的智慧和灵巧的双手"刻"印在这些佛像身上了。这里的每一件作品,都是他发自内心深处的思想和感情的宣泄,是他给她的回复:思变诗,蚕变禅。

小心台阶

做母亲的蹲下身子想再抱抱女儿，被她狠狠推开，转身就跑，台阶前，"扑通"一声摔了一跤。

每每想到姊妹五个，爹娘独独卖了她，银红就狠命地练功。

翻、滚、腾、跃各种基础训练，小银红从不偷懒，徒手空翻，朝前翻，朝后翻，侧面翻，翻出几百米不歇一下，杂技班里竟是无人能及。

不知道这孩子哪里来的一股狠劲？师父看在眼里喜在心上。

他跟师娘说："我那几块大洋太划算了，得了个台柱子。"

师娘说："以后也可以给咱金宝做媳妇呢。"

师父笑笑，教得更带劲了。

杂技班一日三餐，管饱，比家里强。银红的身体迅速生长，火柴棒长成了杨柳枝，细长青绿，柔软水灵，那小小的脸蛋也如花朵般一日一日地绽放。

晨钟暮鼓，山崖密林，常见师徒两个蹦跳、腾挪、飞身上树，于枝叶间穿梭，如猕猴般敏捷，攀岩爬坡，如岩羊般自如。

银红竟渐渐忘记了自己的身世，流露出性格里天真烂漫的一面。

她仗着自己身轻如燕，常学蝙蝠倒挂于屋檐、树木之上，偷袭她的师兄弟。大白天里他们戴在头上的帽子忽然不翼而飞。月夜出行，山间青树翠蔓密林幽深，酥泥雨如影随形。四处又瞧不见人影，魑魅魍魉，猝不及防的他们常常被吓得毛骨悚然。看到被捉弄者面如土色，她才哈哈大笑着跳出来再逃开。

有人状告到师父那里，师父也只是笑着训斥几句，并未当真责罚。

不知从什么时候开始，好吃的金宝有一份，必定也有她的一份。

金宝比她小一岁，天生顽劣，不爱读书，也不爱练功，成天游手好闲，不大一点就出去逛窑子，抽大烟。被师父捆起来毒打，也没有用。

银红却越发出落得如花似玉，能唱会跳。她不仅掌握了师父交给的全部套路，还喜欢创新，杂技里融入了舞蹈，出场时踩着锣鼓的节奏，扭着柔软的腰肢，一步三摇，如风吹草动。当锣鼓转为曼妙的音乐，她摇身一变，变成了一只花蝴蝶，展开美丽的翅膀，从一个人的肩头落到另一个人的肩头，翩跹起舞，再顺着别人手里的竹竿节节攀升，落到最高处，在人们的惊呼中，踮起脚尖，旋转。这时候，扮成小丑的师父，颤巍巍地爬上竹竿，他手里举着一个大大的网，向着蝴蝶一罩，又一罩。只见她眼波流转，从容淡定，展翅，跃向另外的竹竿，竟如蜻蜓点水般，在竹竿间飞来飞去。整个过程姿态舒展，轻盈，协调，优美，随着阵阵喝彩和掌声，大小铜板把杂技班的银盆砸得"噼里啪啦"。

然而，鲜花与掌声的背后往往隐藏着巨大风险。银红在一次表演中一脚踏空，差点送了命。那天，她正在高空表演金鸡独立。底下有个大爷，拍手叫好，拿了一整袋子的钱，"哗哗"往银盆里砸，她的脑海顿时闪过父亲当年从师父手里接过几块大洋时的惶恐，一分神，竟然从顶上直接摔下来，幸亏师父眼明手快，从底下接了一把，再滚到地上时只是伤了脚。

养伤期间，师父一次也没来看她。

伤好后，师父把她带到一片阳光明媚、异常开阔的山顶平台。只见各种金黄、深红、浅红的小花星星点点密布在石缝间，四周青松翠柏环绕，犹如天然的屏障。无疑，这是一个绝妙的练功之地，不等师父发话，她就快活地练习起孔雀摆尾，紧接着一个空翻接着一个空翻，直达一株艳丽的山茶花旁，正准备继续翻滚，赫然发现地下用红漆写了四个大字：小心台阶。她慌忙又倒着往后翻，翻到师父这里停住。

师父领着她，到达"小心台阶"的地方，往下一看，顿时惊出一身冷汗。红花绿叶虚掩着的竟是万丈悬崖，云雾缭绕中偶有青鸟飞过，踢下一颗石头直直地坠落，无底的深渊，听不到任何回响。

师父说："你第一次在我家的台阶前就摔了一跤，我当下就有些后悔。粗心、浮躁，走路不看路，这可是杂技演员的大忌啊。"

又问："你知道我为什么不再和你搭班演对手戏了吗？"

银红不敢抬头，师父的眼睛如日光灼灼，仿佛洞察了她的内心，令她惊惶、羞怯、腼腆。她当即满面羞红，跪倒在地。师父叹口气说："作为一个杂技演员，尤其是在表演的时候，要摒弃一切杂念，不为情分心，不为财分神，心无旁骛地潜心戏内。人生也一样，任何时候都要淡定，当心脚下的每一步路，走错一步，一脚踏空，定是万劫不复。"

银红谨记师父教诲！望着师父渐渐远去的背影，银红第一次流下眼泪。

自此，银红仿佛变了一个人，无论是表演还是练功，都是全神贯注，身边任何的热闹都与她无关。他们到处巡演，在很大的范围内赢得了很响的名声。

可惜好景不长，病重的师娘把她叫到床前，指着一个描金的箱笼，说："这里是田契、房契、金银首饰等，是我们全部的家当，你若肯和金宝结婚，一切都是你的了。"

银红愣了愣，还没来得及张口，师父在一旁发怒了，大吼一声："那畜生，如何配得上银红？"

银红的眼泪当即流了下来。这是第二次。

当一切陷入半醒半睡般的朦胧，银红踏着初冬的积雪，一步一个脚印，悄悄离开了。师父在她房间的桌上发现一个练字簿，从头到尾，反反复复只有四个字：小心台阶！

不久师娘去世。金宝不学无术，挥霍无度，染上梅毒死亡，杂技班解散了。

解放后，有人看见银红和她的师父都进了东方红杂技团，师徒两个经常在一起切磋技艺。

神秘的皮箱

一只精致的红色皮箱。当我和小舅舅合力把它从外婆的床底下拖出来时，它的美丽被一层草帘子巧妙覆盖住。轻轻拂去厚厚的尘埃，它那艳丽的色泽，从古老的岁月里散发出来，照亮了我和小舅舅的眼睛，以及外婆家破烂的茅草屋，连同那些缺胳膊少腿的寒酸的家具，倚墙而立的铁锹、耙子、笆斗、竹篮立时变得熠熠生辉。

高出我半个头的小舅舅逞能地拎了拎，"啪"地放下。挺沉！

当我们头挨着头，撅起屁股，开始研究那个雕刻着奇怪花纹的小铜锁时，只听得外婆一声怒吼，随即一手一个，揪着我和老舅的耳朵，边喝令我们跪在东墙根底下，边骂道："两个兔崽子，不许吃晚饭，喝西北风吧。"

外婆的惩罚并未使我吸取教训，相反，更加激发了我想要探究它的愿望。有一天，我忍受不住好奇心的困扰，瞅准外婆外出，在每一间茅屋里地毯式翻找。终于，在半人高的稻墩子里，我再次见到了这个落难至民间的"公主"，几层破旧的棉胎也压不住它骨子里携带的高贵气质。我为此深深着迷，特别想要撬开了看看，里面到底藏了些什么。可是箱子似乎非常结实，我一时无计可施，想起外婆剖蛤蜊的情景，刀尖一挑，两边一歪，轻而易举地打开了它严密的防守。

这绝对是个可以效仿的办法。正当我从厨房拿了一把刀，把箱子竖起来，瞄准了那缝隙时，又被外婆逮个正着。她一眼看穿了我的想法，厉声呵斥道："那是别人的东西，你想偷啊？下次再打主意外婆非打死你不可。"

我扔下刀，委屈地抹起了眼泪："我不是想要偷东西，我只想知道里面到底装着啥。"

"装着啥都与你无关，哪怕是一箱子金条。"外婆严厉地说，"你起个誓，永远不许动那箱子，外婆给你讲个故事。"我乖巧地点点头。

它果然是有来头的。

若干年前，外婆给一位有钱的人家做侍女。这户人家只有夫妻俩，先生在部队里当官，常年没见回家。那时候，时局动荡，炮声隆隆，不断传来某处被轰炸、被占领的消息。太太和一条白色的卷毛狗，守着偌大的房子，心惊胆战。她招徕一帮孩子在家念书，背古诗词。

当黑夜收拢了阳光。孩子们走了，太太就坐在客厅里弹钢琴，时而激烈，时而舒缓，一支接一支曲子，忧伤着整个夜晚。

我外婆实在困得不行，伏在桌子跟前睡着了。一觉醒来发现太太站在衣帽架子跟前，取下她男人的大盖帽，细细地擦拭着上面似有似无的灰尘。

那顶帽子常常给外婆造成错觉，好像是前一天晚上才有人挂在那里，又好像挂了一个世纪那么漫长。

有一天，太太正在吃饭，忽然来了个陌生男人，套住她的耳朵说着悄悄话，她葱白一样的手紧紧捏住碗口，身体瑟瑟发抖。最后，来人又掏出一个信封给她，里面是一张船票。

很快，她开始收拾行李，被子、沙发套上罩子，衣服一件件叠起来，方方正正地塞进大小不一的箱子里。白色卷毛狗脚前脚后地跟随，寸步不离太太左右，有时蜷缩在她怀里，长时间发出孩子般的呜咽。太太成天不想吃东西，白开水化开一点点珍珠粉，用一柄长勺子搅啊搅啊，再慢慢喝下去。外婆劝她，好歹吃点米饭吧，人是铁，饭是钢呀！太太用一声深深的叹息算作回答，紧跟着眼圈就红了，白皙的脸上出现点点泪光。

听说她要走了，不断有孩子们的母亲来看望她，每次都被叫进房间里去，打开衣柜，让她们随便挑。那些女人每每满载而归，欢天喜地的。有些个不自觉的隔天又来，总不会空手。

太太对外婆说："春梅，你也挑一些吧。"

外婆说："我不要，这些衣服我们乡下人穿不得。"

"那我求你带上我的狗吧。"我外婆更是把头摇成了拨浪鼓："我们乡下养不活它的，乡下的狗吃屎长大。"

没几天，太太收拾好两个箱子，付清了外婆的工钱，带上狗。她恳求外婆送她去码头。码头上的人可真多，吵吵嚷嚷，许多人没票也想往大船上冲。太太的鞋子被挤掉了一只，低头找鞋的时候，小狗不见了，她又去找狗。结果和外婆走散了。等到外婆好不容易挤到大船跟前，一眼看见太太抱着狗，趺趺撞撞地上了通向大船的跳板，外婆拼命大喊："太太，你的箱子！"外婆的喊声被淹没在各种嘈杂声里。轮船鸣笛的时候，一辆马车横冲直撞过来，外婆被挤翻在地，伤了腿，只能眼睁睁看着大船开走了。从此，这只皮箱就一直跟着外婆辗转流落到了乡下。三年困难时期，家里饿死了两位亲人，外婆也没打过箱子的主意。外婆自始至终没有打开过它。后来又经过"文化大革命"，外婆交出了家里所有值钱的东西，唯独这只皮箱被她东躲西藏，牢牢地守护了下来。外婆说："这不是自己的东西，迟早要物归原主。"

关于箱子的故事其实还有很多，外婆每见到我一回都会讲一点，讲着讲着耳朵聋了，眼睛花了，外婆被送进了养老院。最后一次见到外婆时，她激动地抓住我的手说："我见着太太了，就在这家养老院里，她当年没有去成台湾，船上不让带狗。"

这事不知道是真是假，外婆时常犯糊涂，我无法求证。只是外婆每次见面都会恳求我，一定要帮她把箱子还给太太，这是她人生最大的愿望。外婆还告诉我说，箱子一直由小舅和小舅妈保管着。

我心想：坏了，箱子等于石沉大海了。果然，外婆死后，我向小舅舅提起外婆的心愿。小舅舅默不作声，小舅妈插嘴说："真是活见鬼，老糊涂说的话，你也信？"

黎　明

　　贵儿是被一泡尿憋醒的。

　　煤油灯芯捻成一团鬼火。

　　奶奶披着空心棉袄直直地坐在床上，手里团着粗布毛巾湿乎乎的，贵儿喊了一声奶奶，就被一双枯槁的手按进被窝里去。

　　"我要尿尿。"贵儿小声地说。

　　爷爷迅速掀开被子，拎出光不溜秋的他，抱着，将贵儿笔杆似的小雀雀对准床头的尿桶。平时，贵儿总是闭着眼睛尿尿放屁，完了再由爷爷塞进被窝里。

　　可是，那个黎明尤为诡异，爷爷抱着他的双臂颤抖得厉害，他把一半的尿液全都撒到了干巴地上，"沙沙"的声响格外清晰，可爷爷奶奶根本听不见，他们全都竖起耳朵，在聆听另外一种声音——杂乱无章的奔跑声夹杂着马蹄声，还有尖锐的口哨声，这些声音仿佛来自魔鬼的召唤，使他们心惊肉跳，浑身如筛糠般抖动。贵儿的眼睛睁得滚圆，把头埋伏在奶奶面口袋一样的双乳间，那里蜿蜒着泪的河流，爷爷一次次低声呵斥着奶奶，让她把压抑的哭声憋回去。

那个黎明，究竟发生了什么？它像一条吐着鲜红芯子的毒蛇一样，顽固地盘踞在贵儿的脑袋里。那年他刚七岁。

后来，他们被战火追赶，从一个地方辗转到另一个地方，不停地换地儿，贵儿再也找不到一张熟悉的小伙伴的脸。有一天，贵儿忽然记起了父母，他问爷爷："我爹呢？"爷爷"吧嗒吧嗒"地死命抽着烟，一团一团黑烟笼罩着爷爷黑沉沉的脸。他问奶奶："我娘呢？"奶奶的眼睛里泛出一片泪光。

贵儿从此再不提父母。

随着战争不断爆发，日子一天比一天艰难，爷爷奶奶的脊背日益鼓成了尖尖的驼峰。贵儿长大了，长成了清瘦的少年。有一天，村里来了几个人，劝说年轻力壮的男人跟他们去当兵，部队里有吃有喝不说，家里人还可以得到十块大洋。据说是蒋介石要大举搜索围攻中原解放区，正到处招兵买马。

十块大洋很让贵儿心动，家里已经十几天没米下锅了。谁知奶奶说："你如果要跟国民党走，就先从我和你爷爷的尸体上踩过去。"

那个黎明，他再次被噩梦惊醒，爷爷的鼾声从隔壁传来。

他翻来覆去的，就再也睡不着了，索性坐起来。他已经和二娃子约好了，村口大槐树下碰头。他朝窗外眺望，天黑沉沉的，风刮得有些猛烈，模糊的刺槐底下鬼影憧憧，他使劲睁大眼睛也看不清那里究竟隐藏着什么，就像爷爷奶奶对他刻意隐藏的秘密，那些秘密伴随着他的成长常常折磨着他的心灵。穿好衣服，他悄悄潜进爷爷奶奶的房间，爷爷的鼾声起起落落，奶奶翻了个身，老床"咯吱"一响，快断气了似的。

他屏住呼吸，眼睛竭力适应黑暗，并在心里同爷爷奶奶默默告别。"爷爷奶奶你们保重，明天一拿到大洋，孙子就会托别人送到你们手上。"想到进了部队，枪弹不长眼睛，这一别或许就是永别，他情不自禁地掉了眼泪。

转身离开，双脚刚刚跨出大门，爷爷的声音就从身后追来："孩子，别走。"随即一双手逮住了他的小臂，那手特别有力犹如铁钳，他犟着往前走，把爷爷拖拽得几乎摔倒。奶奶跌跌撞撞赶出来，一句问话使他停住了脚步。"孩子，你知道你爹娘是怎么死的吗？"

十年之久的秘密从一个破棉胎里抖落。一张泛黄的旧报纸记录着陈年往事，也记录着国民党的累累罪恶：昨天清晨国民党再次大开杀戒，三十五名共产党员全部遇难。

这不幸的消息犹如一枚炸弹，粉碎了他多少年来暗暗的期盼。痛苦的记忆再次涌向心头，那个灰色的黎明，终于链接起来了。爷爷奶奶一定是事先就得到了可怕的消息，他的父母也在其中。

"你们为什么不早告诉我呀？"他双膝落地，一下子跪倒在爷爷奶奶面前。

一时悲从中来，老少三个抱头痛哭。一顿发泄之后，他揩去眼泪霍地站起来，像一棵昂首挺立的小青松，徒增了无穷的力量。他说："爷爷奶奶，我知道自己该往哪里走了。"

"不，你不能走。你是我们家唯一的血脉了。"奶奶干枯的眼睛里再次涌出泪水，"孩子，我们不要你报仇。"

"不，奶奶你让我去，这个仇恨孙儿是一定要报的。"

"你不能去呀。"奶奶拖住他的手。

爷爷坐在门槛上，烟枪上的火星闪闪烁烁。他明白爷爷一定是有主意了。果然，爷爷把烟袋在鞋帮上磕了磕，站起来吩咐奶奶说："把昨天晚上烧好的粥端出来吧。"

"哪儿来的米？"

"借的。"爷爷说，"我们知道留不住你，昨晚就烧好粥等着为你送行。"

他从奶奶手里接过伤痕遍布的瓷碗，抹了一下眼睛，一滴泪珠落进稀粥里，一轮清淡的月亮便浮动起来，在碗里寂寞地晃荡着。

"黎明了，"爷爷说，"要走就赶紧走吧，只是千万别走错了方向。"

飞刀女侠

一张老木床，油漆斑驳，样式简陋，整天"吱嘎吱嘎"叫个不停。一个八十多岁的老太太躺在上面，只剩下一把老骨头了。

老太太双目失明，耳朵却异常灵敏，只要有谁的脚步声在她的门前响起，她便喊："进来坐坐！"于是，左邻右舍的大妈大婶就会停下脚步，倚在她小屋的门框上，或者端个小凳子进去陪着老太太说会儿话。老太太絮絮叨叨，伴随着老木床"吱嘎吱嘎"的叫声，讲一些陈年旧事。讲来讲去，无非是她小时候怎么在有钱人家里做丫鬟伺候老爷，无非是十七岁怎么嫁给刘二爷的，无非是二十二岁怎么遭日本人凌辱的。开始，有不少人同情，跟着洒几滴眼泪。时间久了，大伙习以为常了，便故意逗她："太奶奶，你还有新鲜的故事不？"

"有啊。"

"说来听听！"

"有些事不能说呀！"

"我们就想听你不能说的那些。"

这时，她的孙媳妇准会出来打圆场，给来人端杯水略含歉意地说："奶奶累了，让她歇一会儿吧。"

于是，又是一阵"吱嘎吱嘎"的声音，老太太艰难地翻了个身，面朝里，胸脯一鼓一鼓的，莫名其妙地生起气来。孙媳妇就会哄她说："奶奶睡一觉，醒来我给你做肉圆。"

"我不要吃肉圆，我要吃鱼圆。"

"奶奶，你忘了，早上我们不是才吃的鱼圆吗？"孙媳妇赔着小心。

"我就要吃鱼圆。咱家大运河的鱼才叫鲜美。"

"好吧，好吧。"孙媳妇轻轻拍着她的身体，像哄孩子一样安抚了好一会儿，直到老太太打起了呼噜，这才带上门走了出去。

厢房里，老木床"吱嘎吱嘎"说起话来："我知道你在装睡。"老太太从被窝里探出头，竖起耳朵听了听，瘪着嘴笑起来。

她和老木床的关系非同一般。如今更是成了形影不离的好伙伴。孙媳妇多次提出要帮她换张床，她坚决不同意。

孙媳妇虽然孝顺，可是不如老木床懂她。

有一晚，老木床"吱嘎吱嘎"地叫个不停，和以前一样，没有任何异常。老太太突然说起了话，黑暗中，对床自言自语，有说有笑，像对自己儿女一样、邻居一样、亲戚一样，一边说，还一边拍着床沿儿。

老太太说："不准笑话我现在的样子，年轻的时候，我美着呢……"

"我知道，我知道。"老木床"嘎吱嘎吱"打断老太太的话，"我还记得你当新娘子时的模样，高高绾起的发髻，红红的嫁衣。刘二爷性子急，挑开红盖头，扒了你的衣服，扯坏了红肚兜，你雪白的肌肤、苗条的身段，把新郎官给看傻了。你那时真的好美，像一朵娇羞的水仙花。"

想起当时的情景，老太太瘪着嘴，"咯咯"笑出了声。可是笑着笑着老太太又哭了，那泪水成串地落在胸前的衣襟上，又苦又涩。

"我怎么也没想到日本人会那么残忍……"

"我知道，我知道，四个鬼子一起闯进来，当着刘二爷的面把你剥得精光，你的挣扎和哭喊只能激发他们更强烈的兽性，整整两个小时呀，真悲惨。"

"我丈夫心真狠……"

"我知道，我知道。"老木床说，"日本人一走，刘二爷就逼你去投河，两个孩子，一个五岁，一个三岁，紧紧拽着你的衣角哭个不停。被刘二爷一脚踹翻在地。你彻底绝望了，疯一般冲上圩堤，跳进了呜咽不止的大运河。那天河上的风，真大，大得离谱。"

"命不该绝，我被渔船救了。"

"我知道。"老木床跟着叹息了一声。

……

今天，老太太又对老木床打开了话匣子。

"我还有个天大的秘密没跟你说呢——我杀过人！"

老木床吃了一惊，问："你怎么杀的人？杀过谁呀？"

老太太说："我暗杀过四十七个日本人，当时令日本人闻风丧胆的飞刀女侠就是我。我那时眼睛特别好使。"

"你从哪里学会的飞刀？"

"我跟一个云游的尼姑学了两年，练就了一手绝技，十米开外，一刀毙命。"

老木床听了感到十分惊讶："这样的丰功伟绩，你为什么还要藏着掖着呢？"

"唉，我心里难受呀。除去那四个凌辱我的日本兵，除去杀人放火的，我还杀过一个日本孩子，就是我杀的那第四十七个日本人。他顶多十七八岁，我一刀封喉，过去拔刀时才发现他满脸稚气，手里握着一张全家照：微笑的男人，穿着和服的女人和一双未成年的儿女。我杀的应该是他们的儿子。"

"他们怎么会把一个孩子送上战场？"老木床忍不住地问。

"谁知道呀?！他如果不是穿着军服，我怎么会杀他？罪孽呀！我从此收手。可报应还是来了，我的一双儿女全部走在我的前面，我的眼睛也哭瞎了。"

"儿女先走这怎么能怪您呢？命各有定数。再说，您砍杀日本鬼子，应该是国家的大功臣呀。"老木床安慰着，"您的孙媳妇多孝顺，这不是有好报了吗？"

"是啊！我孙媳妇可真是个好孩子。孙子工作忙，亏她抽空照顾我，一日三餐还变着花样儿，擦屎擦尿一点也不嫌脏。"老太太忽然感到一阵轻松，"照这么说，我终于可以闭眼了。"

中午，孙媳妇端来一碗鱼圆，发现老太太没有动静了。

"奶奶，奶奶。"她轻轻摇晃着老太太的身体，想要唤醒她，谁知道，"哗啦"一声巨响，老木床坍塌了下来。

老太太死了。七零八落的老木床也被搬了出去，后人在床框里发现了两把生锈的匕首，问谁也不知道这是怎么回事。

香水有毒

　　废弃的浴池，女人惨白的身体如同一条刮了鳞片的鱼，凌乱的长发随着偶尔晃动的身体，荡漾在变臭发绿的涟漪里，一张被痛苦扭曲的脸，瞬间变形、肌肉脱落、眼珠迸裂……我吓得大叫一声。醒了。

　　在父亲宽阔的怀抱里，在他温柔的目光照拂下，枕着他绵软的掌心，醒了睡，睡了又醒，伴随着一阵阵虚汗，浑身的酸痛一点点退去。

　　当清晨第一缕阳光洒落在父亲的肩头，我睁开眼睛，甜甜地笑了："老爸，我要一个玫瑰花瓣做的枕头，还要一间可以看到星星的房子……"

"哈，她又开始跟我要这要那了。"父亲笑出了眼泪。

父亲怜爱地点一下我的鼻子："你这个小东西，太不像话了，每次总要把你老爸吓得大魂掉了七魄。"

我咯咯笑着，跳起来，威胁地竖起两根粉嫩的手指头。

父亲俯首投降："不敢了，再不敢了。"

"不行！"我伸出两根威力无穷的手指头，在嘴巴上哈一下，他立刻笑翻在地，失去所有抵抗的力量。等到指尖抵达他那汗毛森森的胳肢窝时，他就只能老老实实答应我一个又一个的条件。

在我童年的记忆里，父亲就是一位顶天立地的大英雄。他有办法满足我各种出格的愿望。我想骑马，就会有一匹"马"，四肢着地，威风凛凛。"马"嗒嗒嗒嗒，速度还挺快。

这回，大病初愈，父亲主动要求给我当坐骑，我却害羞起来，嚷着要姆妈。

父亲哈哈大笑："我的小宝贝长大了。"

随着父亲用手叩击了几声桌子，姆妈弓着身子走进来，浑身瑟瑟发抖，连同围裙都跟着抖。

姆妈的一只眼睛缠着绷带，上面渗透出新鲜的血液。

刚刚还笑哈哈的父亲转眼冷若冰霜："以后走路当心些，别再戳瞎了另一只眼睛。"

姆妈点头如鸡啄米。

时间如水流逝，我在迷惑中日渐长大，脑袋瓜里不知不觉会长出一些莫名其妙的思绪：为什么那么多人惧怕父亲？我妈妈是谁？她在哪里？每每，我总想纠缠住姆妈问个究竟，都被她岔开话题，或者慌张地走开。

渐渐地，我有了一种很深很深的孤独感。

父亲越来越让人不爽，他已不再像小时候那样宠我，对我的要求也越来越多。"不准接触不健康的读物，不准结交不良朋友，不准独自出门，等等"，好像这个世界到处都充满了小偷、强盗和毒蛇。我常常为着他这样那样的规矩和禁令，在家里跟他闹个天翻地覆。

好在，我迷上了念书，这让他省心不少。只是在高考填报志愿时，我们父女俩又较上了劲。他希望我报考财务管理专业，以后管理家族企业。

我偏不。

我上了公安大学。四年里，他从未亲自去学校看过我一次。还好我正式上班的那天，他送了我一件小礼物，"Pure Perfume"这是一款令人疯狂的绝世香水，特别昂贵。

我从此对香水过敏。并且，随着年岁的增长，我们父女之间的那种亲密无间荡然无存了，常常为某些不同的见解产生隔阂，这种感觉很不好，恍如一把锐利的尖刀扎在我的心口，一日日心情沉重起来。

后来，我被迫从某一个专案上撤出。父亲的头发一夜之间全白了。

该是夏天的某个午后，太阳躲进了密布的浓云里，大地异常闷热，远处传来隆隆的雷声，我默默关注着他的一举一动，小心翼翼地关上门窗，提防着可能出现的风暴，风暴并未出现，只是泪雨开始。

我的眼泪如倾盆的大雨。

"乖女，你不会放我走的，对吗？"

"投案吧。"这是我唯一的回答。

可惜，他没听我的话，以另外一种形式"逃跑"了。

展开他的遗书，我心里如同打翻了五味瓶。

乖女儿：

老爸这辈子最爱你和你妈，可是到头来最对不起的人也是你们。

你小时候噩梦里出现的那个女子，我猜想你早知道了，她就是你妈。很抱歉，她被爸爸折磨致死。你姆妈因为偷偷带你去见她，也被我刺瞎一只眼睛。

法网恢恢，疏而不漏。老爸这辈子做了许多的错事，想必你也略知一二了。即便是扫黑除恶的风暴没有来，老爸也逃不过这罪孽深重的惩罚。

爸爸不怕死，怕的是在那庄严的审判台上，你会比我更难受。

对不起，小乖，老爸给你丢了脸。如果一切可以重新来过，如果有来生，你还肯做我的女儿，老爸一定用力做一个好人……

人将至死其言也善，我相信老爸是真正忏悔了。此刻，他双目微闭，嘴唇轻启，完全是一副睡熟的样子。从小到大，无论是他真睡还是装睡，我曾经无数次呵醒他，现在，我还想再试一次。

"老爸，注意哦！"我伸出两根威力无穷的手指头，在嘴上哈一下，抵达他的胳肢窝时，那里的余温，使我眼眶发热，我忍住眼泪说："老爸，只要您信守承诺，下辈子我还做您的女儿！"

变形记

旺财灰头土脸萎靡不振，曾经乌黑油亮的皮毛斑驳脱落得东一块西一块。琴姨感觉它快死了。然而，令人匪夷所思的是它的老主人"刘局长"一出现，它立马生机勃勃，摇头摆尾，乐不可支。而对琴姨，那眼神分明恢复了从前居高临下的冷傲。

琴姨咬牙切齿，心里话："狗眼看人低。"

这条金毛，曾经跟随它的主子狐假虎威，拒绝接受琴姨的喂食、牵引，总跟她较劲。琴姨背着主人给它吃过不少暗亏。最近这五年，它的主子落难了，它别无选择跟着琴姨到了这山里，没少挨打受骂，忍饥挨饿自不必说。

"乖！""刘局长"爱抚着旺财的头，眼眶湿润，"谢谢你一直照管它，我这次来就是想把它带走，如果你愿意跟着，我们家还欢迎你！"

"谢谢刘局长，承蒙你们看得起我。"琴姨毕恭毕敬地站着，垂着眼帘，绞着手指。

"嘿嘿，早不是局长了，你以后就喊我老刘吧。"

"哪能呢？"琴姨抬起眉眼，脸上开出一朵灿烂的老菊花，"喊顺口了，改不掉。"

"没有改不掉的，以前我每天一包烟，这五年里一根烟也没抽过。""刘局长"叹息说，"旺财不也是？以前夏天都住在空调间，现在连个窝都没有。"

"是呢！你们以前还用香喷喷的沐浴露给它洗澡。到了我这里，五年也没洗过一把澡，夏天热的时候直接把它推进池塘里汪着。冬天刮刀子也只能在门口趴着。"

"为啥不给它搭个窝？几块板子的事。""刘局长"皱了皱眉，联想到自己这几年的遭遇，脸上的笑容荡然无存。

"搭啥窝？被人笑话，我们农村不兴这个。"琴姨被人揭短似的，满脸不高兴，露出令人胆寒的刻薄神情，"不说狗了，说你，你怎么提前回来了？"

"刘局长"垂着头，深深叹了口气，回答说："三次减刑，提前了。"

看到昔日的主子在自己面前低眉顺眼、垂头丧气的样子，琴姨的心中顿时升起一股棒打落水狗的快感："嗯，牢饭不好吃，这些年你受苦了。"她明白对方早已从高空跌落，立刻摆脱了惯性的奴颜婢膝，摆出一副主人公的架势，挎上竹篮："你坐会儿，逗逗旺财，我去菜园挑几样新鲜蔬菜，吃完饭再走也不迟。"

望着琴姨轻快离去的背影，"刘局长"转向旺财："你带我转转。"旺财兴奋地一跃而起，把他引向后院。不大的后院蝶绕蜂飞，枝叶葳蕤。看来琴姨把在他家帮着侍弄花草的雅兴也延续到这里了。"刘局长"边欣赏边暗想：环境对人的影响力终归是蛮大的。

忽然，他的目光被一盆君子兰定格了。

不，确切地说，他一眼看到的是那只"花盆"，外壁立体浮雕，镀银雕刻了回形纹、如意纹、十二生肖纹，十二生肖于盆体之上惟妙惟肖。这不是当年开发商送给他的"聚宝盆"吗？曾经被他遗忘在车库，直到东窗事发。专案组因为没在他家里翻寻到这只古董，他也因此少判了刑。

此刻，他万万没有想到时过境迁，"聚宝盆"竟然变身花盆，意外地出现在保姆家里。面对赃物他一时四肢发麻，头冒冷汗。突发的身体状况令人猝不及防。自从局长变身阶下囚，他的身体明显好起来，曾经一路飙升的血压血脂血糖全都回归正常。

"我该怎么办？"原以为自己早已看破红尘，心静如水。不料，面对新的诱惑，他的身体又有了异常反应。他紧紧抱住旺财的头浑身战栗。他寻思：原先的案子已经结束了，现在讨回这只"花盆"可谓神不知鬼不觉。琴姨应该不知道这只盆的金贵，不然她怎么会拿它种花？

这时，有风吹过，树叶摇晃起来，他的内心产生了一股无可名状的冲动。抚摸着旺财的头，好像在安抚自己狂跳的内心：他必须设法讨回这只"花盆"。

等到琴姨手脚麻利地端上了几个菜，"刘局长"已经有了打算。他边吃边夸奖："巧手啊，还跟从前一样。我刚才看到你后院的花，长得真好。你不如还跟我走吧。"

琴姨蓦地停住了筷子，显出一丝惊慌，敷衍道："您说笑了，我老了，哪里都不去了。"

"哈哈。我看你是舍不得这个山清水秀的地方哪！""刘局长"恢复了从前爽朗的笑声，随手夹了一块咸肉丢到地上，喂给旺财，转过脸，真诚地看着琴姨的眼睛，"也好，我会留给你一笔养老的钱。"

琴姨听到这话十分意外，面露喜色。感谢的话还没说出口，就被他用手势阻止："你千万别跟我客气，我还想跟你讨要一个东西呢，那盆君子兰，我太喜欢了。你知道我家里以前也一直养这种花。"

一丝不易察觉的尴尬如云影掠过琴姨的面颊，她连声说："好，好，好。"

她亲手把那盆花端到"刘局长"的后备厢，旺财纵身跳上副驾驶。车子顶着新鲜的空气和明亮的阳光，向着远方开去。

此时此刻，他浑身轻松。今天这一趟跑得太值了，不仅带回了爱犬，还让自己经受住了一场严峻的考验。曾经的他吃苦耐劳，积极上进，从一个普通的农家子弟变身为局长；后来的他见钱眼开，见利忘义，从局长变身为阶下囚。经过五年的劳教，洗心革面，他又变身为一个知足常乐的人。虽然，刚刚的他面对诱惑，也有过短暂的摇晃，但是终归变形成功。可不是？他已经给开发商发了一条长长的信息，"聚宝盆"即将物归原主。

一碗面的卡路里

湖城大型公益寻人栏目《等着你》正在播出。

求助者月月讲述着她离奇的故事：

"那天深夜，我加班回家，因为晚饭没吃，又累又饿晕倒在路边，一位'白马王子'及时赶到，扶我靠墙而坐，给我端来了一碗香喷喷的面条，我闭着眼睛都能感觉到那酱红色的卤汤上浮动着一层葱花。他一边吹着热气，一边小心地把面条挑到我的唇边。几口面条下肚，身体有了热量，精神为之一振，我清醒了，只来得及看到一个匆匆离去的背影。"

月月两汪清水似的凤眼眨动出湿漉漉的泪光："凭我的直觉，他年轻又帅气，他喂我吃面条时的那种专注和爱怜，已经刻进我的生命里，寻找到他将是我今生的梦想。"

"他为什么要喂你吃面条而不直接拨打'120'或者送你去医院？"观众席上有人提出疑问。

"我其实就是低血糖的毛病犯了，身体并无大碍，他喂我吃面条就是很好的救助方法。"月月解释。

"他怎么知道你是低血糖犯了？又是哪里来的现成面条？"

"是啊，这也是我想问的。但愿他今天能到现场来为我和大家释疑。"

主持人表示节目组一直在帮助月月寻找这位神秘的"白马王子"，现在请打开希望之门。

月月紧张地绞着双手，目不转睛地盯着那慢慢移动的秒针：嘀嗒嘀嗒……大门缓缓打开，空荡荡的背景飘荡着伤感的乐曲。月月失望地捂住脸。

"她肯定是 A 型血，爱幻想。"一位观众冷不丁的一声嘲笑使月月异常难过，她霍地起身，朝台下猛一跺脚，逃出现场。

月月没有就此罢休，她拒绝恋爱，拒绝相亲，那晚的经历，那碗喷香的面条，让她魂牵梦绕。每每经过，她都要刻意逗留一番，期望奇迹再次出现。功夫不负有心人，她发现不远处有一栋私家别墅，门廊上安装着探头，正对着奇遇"白马王子"的一角。她激动得几近发狂，欢呼雀跃。经过多方打听，多次协商，人家同意把那段监控调出来，并且用手机转发给她。

然而蹊跷的是，当月月看完监控之后，竟然急速冲进卫生间，一阵狂吐，从此对面条过敏。

太奇葩了。这个令月月痴迷又作呕的人到底是谁？

确有其人。他就是镇上的啃老族代表大宝子，大宝子好吃懒做，吃喝拉撒全部跟父母伸手，大学毕业在家三年有余，不是嫌工资低就是说专业不对口。原本指望父母供养他一辈子，谁知天有不测风云，他的父母在一次车祸中不幸双双遇难。他坐吃山空，很快沦落为街头流浪汉，要一口吃一口，附近的人几乎都认得他。

那天，他刚讨要了一碗别人吃剩的面条，准备端到背旮旯吃掉，偏巧碰到一个女子晕倒，他动了恻隐之心，试着喂了她几根面条，她就醒了。看她浑身上下穿戴得光鲜亮丽，大宝子害怕自己褴褛的形象吓着她，于是赶紧溜了。没想到寻找恩人的帖子满天飞，弄得他心神不宁，躲在家里不敢出门。

一次举手之劳，竟然赢得女子尊崇如神。看罢《等着你》现场直播，他的世界顿然变了模样，阳光那么明媚，蓝天白云是那么美丽，林间小鸟的歌唱是那么欢快——而这些是他这么多年来头一次发现的。可惜他目前处境窘迫，根本羞于露面。他闭门思过两天两夜，忽而放声大笑忽而痛哭流涕，那些悔恨和懊恼像玫瑰花的刺一样一针针扎进了他的皮肤——再也不能继续这样的生活了。

大宝子有一个叔叔是做企业的，虽然很有钱，但是不愿意纵容他这种寄生虫似的生活。叔叔曾经对他说过："你哪天决心改变的时候就来找我。"

内因是变化的根本，外因是变化的条件。他在叔叔的企业里得以重生，原本也不是笨鸟，加上某种动力，想要冠冕堂皇地登上辉煌的舞台，接受致谢，接受赞美，接受爱恋。最后只为堂堂正正做一个有用的人罢了。总之，经过几年的打拼，这个年轻人实现了完美蜕变。

这次，轮到他去《等着你》，寻找那位叫月月的姑娘，主要想谢谢她拯救了自己。他的讲述从一碗面开始：

一碗面到底能迸发出多少卡路里？请听我说。

永远的你

我们是天生的一对！

这是个秘密。你喜欢叫我小狐仙。就像聊斋里的小翠、青凤、婴宁等。虽身为妖，但心地纯良，一生都在修炼当中。

我陪伴你在纷繁的凡间成长，吃饭穿衣，读书写字……

某些夜晚，在不为人知的情感花园里，我施展魔术，与万物合一。变成星，变成月，变成爱者与被爱者，胜利者与被征服者。你缓缓倾诉，我静静聆听，琴瑟调和。即便是偶尔发生冲突、争执，总是你让三分风轻云淡。

我爬上你的膝头，眨动着精灵的眼睛，向你起誓：我会终身爱你，陪伴你，不论你是富贵还是贫穷，健康还是疾病。

那一刻，拉萨的月亮格外明亮，清冷的光辉洒照在庄严的布达拉宫"之"字形台阶上，柔化了你宽阔的额头，以及原本刚棱有力的轮廓。你那微蹙的川字眉之间隐藏着很多深沉的心思。

"小狐仙，你的承诺使我想起了新婚时，我对妻子的承诺，这辈子我算是辜负她了。前些日子，她来探亲、看病，连回去的路费都是她自己东挪西借的。"

我默默收拢轻盈的身姿，温柔地贴近你男子汉的胸腔。

你深深叹口气说："这辈子，我最听你的话，也最爱你。"

爱这个字眼，对于我们有着神秘的意义。

也在那一天，你写下"是七尺男儿生能舍己，作千秋鬼雄死不还乡"的条幅。

"为官一任，造福一方"，把一方水土交给一个肯干事、想干事、能干事的你，这是阿里老百姓的幸事。

你打开西藏版图，打开阿里的历史。从风土人情到世俗文化，从土地的繁衍到城市的变迁，从现实的需求到民众的呼声，你细心研究，认真探讨，用一双脚板丈量着"世界屋脊的屋脊"，天寒地冻，平均海拔 4500 米的阿里，106 个乡你跑遍了 98 个！

我心疼你。每天晚上细数你手脚上的冻伤，你苦恼地推开我："这些都不算什么。快帮我想想，还有多少失学的孩子没能坐进课堂？快帮我算算，这场风暴会给老百姓带来多少损失？为什么每次我随身携带的药物都不够用？"

"好吧。"我说，"我现在很担心你的身体。你总不按时吃饭、睡觉，这是很危险的。"

你很生气，责怪我跟你的妻子一样唠叨。

于是，我们开始频繁地争吵。

你说："肉体得到过多的满足，会使它衰弱。"

我说："肉体过多的劳作，也会使它衰弱。"

"好吧。"你满口答应，转身就忘了。

我萌生了离开你的念头。

你又来央求我："小狐仙，还记得你常常用来勉励我的一句话吗？当我年老的时候，不会因为虚度年华而悔恨，也不会因为碌碌无为而羞愧。"

我说："凡事有度，你是人不是神，健康的身体才是支撑你前行的本钱啊！"

你对我挥挥手："等忙完这阵子，我一定好好睡一觉。"

哪知这也成了你的奢望。三个孤儿的到来，你更像个陀螺一样转个不停。

不是我说你，你哪有收养孤儿的能力？一千多元的工资，下乡调研、体察民情的路上，就已经陆续掏空了。你见不得老弱病残，见不得百姓受苦，那只能委屈自己、委屈家人了。女儿的学费、老人的赡养费，就连自己食堂的伙食费全都泡汤。

你要去献血，我竭力阻止你。铁打的身体也经不住这般折腾。你偏不听，三次以"洛珠"的名义献血。这下好了，头上总冒虚汗，走路晃晃悠悠。

我多次警告过你，身体是上帝制作的一个外壳。灵魂借身体而生，是有有效期的，人若不爱惜自己的身体，上帝就会生气，他立马召回灵魂，重新匹配。

　　我是你的灵魂，对你的身体具有监管的义务。你的身体与我息息相关。可不？考察途中的一场车祸，将你的身体摧毁得那样彻底。

　　长歌当哭，我们的缘分尽了。

　　一场暴雨，整个拉萨都在呜咽。

　　此刻，我只能替你，向你远方年迈的父母、你的妻子和孩子们致歉！

　　不必悲伤，古有"卫石共子卒，悼子不哀""庄子击鼓而歌为妻子送葬"。每个人的身上都有两种生命，肉体的和灵魂的，有的人活着他已经死了，有的人死了他还活着。

　　我作为你的灵魂将永远活着。

流年

赎　罪

晚上女儿又来电话："爸，如果您实在不愿来我这里，那就再找个老伴。"罗峰心里一动，脑子里立刻跳出一个女人的身影，一时百感交集。

"爸？"女儿听不见父亲的回应，又喊了他一声。

"喀喀！"他敷衍地咳嗽了两声，握着听筒的手竟有些汗湿。忽然门铃响了。他推脱说："你李叔找我下棋来了。"随即搁下电话。

没想到，门一开，迅速挤进来两个男人。门被反锁。

一位五十开外，青头紫脸，戴着墨镜，他一屁股坐在沙发上，一声不吭。那种异常的沉默透露出目空一切的自大和暴戾之气。而另外一位年轻人，眼睛里布满了血丝和焦虑，他堵住罗峰的嘴、绑缚、拔电话线、搜走手机，这一连贯的动作都是在极短的时间内完成的。

"大哥，搞定。"蹩脚的普通话居然透露出罗峰无比熟悉的口音，正是他当年插过队的地方。

那个被称作大哥的人点点头，年轻人重新上前搀扶起他，一同走进卫生间"沙沙"尿了半天。

接着他们又去厨房，在里面"乒乒乓乓"地一阵翻寻，自来水开得哗哗响。罗峰寻思，第二天的早餐和午餐都该喂狗了。

片刻出来，年轻人手上多出一个塑料袋，把罗峰库存的水果、面包、方便面悉数装了。

"家里有没有消炎药？"年轻人问。

罗峰"呜呜"着，用下巴示意电视柜底下的抽屉。

他蹲下来，躬身翻寻，罗峰心里翻江倒海，盘算如何保住这条老命。后悔没听女儿的话和她一起生活，后悔没把社区的宣传当回事。"空巢老人的安全问题及对策"这个昨天还觉得与自己毫不沾边的事，眼下就摊上了。

罗峰打定主意，要从这位年轻人身上寻找希望。他紧紧盯着他的每一个动作，仔细琢磨他的脸，想要捕捉每一丝转瞬即逝的表情，那里仿佛隐藏着某种他所不知道的秘密和亲切。

忽然，内心一阵电闪雷鸣，罗峰发现他寻找药物的样子，像极了一个人。那个人的面影、表情全都匍匐在这张脸上，他的心顿时痛苦得一阵抽搐。他会是小兵子吗？早听说这孩子三十多岁了还没成家，打架斗殴，整天在外面浪荡！

眼看他手脚麻利地接了净水器里的水，把几粒白色药丸递到大哥的唇边。

"这是什么药？"大哥警觉地问。

"大哥，这是罗红霉素，消炎效果特别好，一次吃个几粒也没事。"他淡定地回答，随即瞥了罗峰一眼。这一眼，既有警告也有央求，同时达成了某种默契。

其实，年轻人手里拿的正是自己天天需要依赖的安眠药！

看着"大哥"一粒一粒吞吃了它们，罗峰心惊肉跳，不知道年轻人葫芦里到底卖的什么药，"大哥"墨镜后面的那双眼睛究竟是受伤了还是瞎了。

当时钟猛烈敲响十一下的时候，他们挟持着罗峰下楼，径直走向他的桑塔纳。看起来，他们对罗峰了如指掌。

年轻人用威胁的口气说："把我们送出湖州。"

大哥坐上后排，用匕首抵着罗峰，命令他开车。此刻的罗峰心里反倒是镇定了不少，想着如何说服年轻人投案自首，将来好减轻点罪责。

他一边给自己系上安全带，一边提醒副驾驶："我已经被扣了 6 分，拜托！"

"少废话。"年轻人咕哝一声，系上安全带。

"我认得一些小路，如果你们信得过我，我送你们去安全的地方。"罗峰启动了车子。

年轻人点点头，回头发现他大哥已经倒在后座上沉沉睡去。

偏僻的道路，没有灯，到处黑乎乎的，即便是车灯开到最大，也只能照到两三米远的地方。再远，便是一片未知。

年轻人打开了手机，屏幕闪烁，不停有信息进来，也有电话总被他按掉。

"这种时候开手机，你可是犯了大忌啊。"罗峰提醒他。

"开你的车。"他烦躁地说。

手机的屏幕仍然一闪一闪。

后排的"大哥"鼾声如雷。

车子不知不觉开出两个多小时，罗峰终于闻到了一种极其熟悉的味道，那是植物的香气、湖水的腥气，也或者是鸡鸭鹅的尿臊味，这种味道一直萦绕在他的记忆深处，那么亲切，那么迷人！

"快停车！"年轻人严厉地喝道，"我凭嗅觉就知道你把车开到了哪里。"

"老天，这也遗传？他的嗅觉居然也和我一样灵敏。"罗峰暗自吃惊，心里说不上来是什么滋味。

"怎么了？"后排上的"大哥"迷迷瞪瞪地问。

罗峰的后背顿时惊出一层冷汗。

"我想下去撒个尿。"年轻人转过身体，用手安慰地拍了拍大哥。

"嗯。"大哥换了个姿势，继续打起呼噜。

年轻人下车，他也跟着，他们心照不宣地一同没入黑暗。

夜风飕飕，送来旷野的气息，万顷星空下，人生中，一件极重要但又总被罗峰故意忽略的事，如今终于无比清晰地从脑子里跳出来。他鼓足勇气问："孩子，你妈妈还好吗？"

"不好！"黑暗里一声吼，接着是一阵克制不住的饮泣。

"对不起！我知道你恨我。我也恨自己。这么多年来，没有安眠药我几乎睡不着觉。我和你妈妈是高中同学，也是初恋。但是后来我考上了大学她却没考上。上大学就意味着有了城市户口，有了固定工作。当年城市户口和农村户口悬殊太大了，你根本无法想象。我父母百般阻挠，我也没勇气抗争。"

罗峰顿了一下，喉头仿佛被什么东西堵住了。

"后来，我才知道你妈妈怀上了你，我，我……唉！我给你妈妈寄过钱，总是被原封不动地退回。"

"现在说这些有用吗？我从小总被人欺负。幸亏结识了大哥他们……"

"就是车上的'大哥'吗？可是我觉得他不像个好人哪！"

"他不是好人，你是好人吗？我被人殴打的时候，你在哪里？"年轻人咆哮着。黑暗中，罗峰几次感觉到他的指尖几乎戳到了自己的鼻尖。

"孩子，我对不起你！"罗峰真诚地道歉。

"对不起有用吗？是你毁了我和妈妈的人生。"他抱住头，蹲在地上，似乎带着哭腔，"打黑除恶的风暴来了，我们被举报，仇家带着警察追赶我们，打伤了大哥的双眼。我们没地方可去……"

"迷途知返，孩子。这也是你妈妈的期待，这一路上不停给你发信息的难道不是你妈妈吗？"罗峰趁机开导他，"你如果真的爱你大哥，自首才是出路，最重要的是你大哥的眼睛不能耽误，一旦发炎，并发症可能会要了他的命。你喂给他的可是安眠药呀！"

"我劝过大哥去自首，可他坚决不肯，我，我也害怕。"

"人，迟早都要面对自己犯下的错误，就像我，我的余生都将用来赎罪。"罗峰说。他想起了女儿早上的那个电话，坚定了自己的某些想法。

此时，夜色越来越深。黑暗中，罗峰看不见他的表情，但是能感受到他的无助和动摇。他试着去拉对方的手，被用力甩脱。

年轻人慢慢站起来，抖动了一下麻木的双腿，跌跌撞撞率先回到车上。罗峰紧紧追了过去。他心里已经有了打算。

一踩油门，车子立刻向着城市灯火辉煌的方向疾驰。

小青花

　　暮色苍茫的淮河岸边，一位穿着石磨蓝裙子的女子，撑一把油布伞眺望着河对岸，弯弯的柳眉下，长长的睫毛微微颤动，似有泪光盈盈。

　　突然，远处传来"啪啪啪"几声枪响，女子转身，只见从黄河大堤坝上的杨树林里钻出一个青年男子，直奔她而来。

　　女子定睛一看，悲喜交集。

　　"刘洪！"

　　两人迅速拥抱在一起。油布伞被风吹起，接连几个翻滚，飘向了河面。

　　"快，我有重要情报要送给八路军，日本人在追我！"

这时，天上乌云翻滚，隆隆的雷声由远而近，小雨刚刚停歇，一场大雨又在酝酿。小青花火热的心瞬间冰凉。一年前，刘洪没留下只言片语就悄然消失，淮河岸边从此多了一尊美丽的雕像。

　　此时此刻，小青花真想伏在刘洪的肩头痛哭一场，狠狠地捶他几拳，把心里诸多的疑问和满腹的怨恨都发泄了。可惜一切的一切都顾不及向亲人追问了，他们在淮河大堤上跌跌撞撞地飞奔，敌人的枪声夹杂着雨声直扑脑后。

　　"爹，日本人在追刘洪呢。"小青花推开前院子的门浑身瘫软。她觉得家才是最安全的地方。

　　熟悉的院落散发着浓浓的酒香，连接正门的青石板路反射着幽古的光，就像青花的爹终日结冰的脸。青花的娘丢下簸箕子，立即为他们打开一扇又一扇的门。后院子堆积了大大小小的坛坛罐罐，他们迅速移开一口大缸，掀开一块木板，露出一个地洞，刚够容纳一个人。

　　暮色四合，暴雨如豆。五个日本兵闯进来的时候，他们一家人假装围着桌子吃晚饭。

　　"快快交出八路，否则死啦死啦的。"冷风夹裹着的雨水惊得煤油灯花"噗啦啦"响，斑驳的土墙上顿时鬼影憧憧。闪着寒光的刺刀逼迫着两位老人抱头蹲在墙角。小青花破例站着，面朝着一位年轻的士兵，其他四个日本兵冲向后院，"啪啪啪"一阵乱枪，酒缸碎了，香气飘溢，弥漫在雨夜。

　　小青花浑身哆嗦，眼泪成串地往下掉。

"别哭。"安慰她的居然是眼前这满脸稚气的日本兵，操着生硬的中国话，"你的美惠子，我的姐姐。"

一个矮矮胖胖的日本兵旋风一般冲进来，"哇啦哇啦"一顿训斥。

"嘿！"年轻人立即敬礼，规规矩矩地退到一边。

这时，另外三个兵也从后院奔到前厅，互相"哇啦"了一阵，看到桌上有一个酒坛子，立刻大模大样地坐到桌子跟前吃喝起来。那矮胖子吃喝过一阵后，转脸朝着小青花露出淫邪的笑，猛然抓起她的胳膊把那满脸胡须的脸凑过去，小青花一边躲闪一边惊恐地大叫。爹娘刚想起身阻止，只听"啪啪"两声，枪枪正中胸口。

血腥的屠杀发生得那样突然，恐怖的一幕就在自己家里上演！家不是最安全的地方吗？小青花傻了，简直不敢相信自己的眼睛，她的嘴张了又张，顿觉天旋地转，昏倒在地。

狂风掀起滔天巨浪。

她变成了一条搁浅的鱼，不能游泳，无法呼吸。沾着血的鳞片散落在沙子上、石头缝里……噩梦还在继续。小青花睁开眼睛，发现自己已经被移到西厢房的床上，呈"大"字形展开，几个日本兵围着她，有的按着她的手，有的按着头，胸前的衣服全部被扒开，邪恶的笑声充斥着她的耳鼓，那个矮胖子一刀挑断了她的裤腰带。

耻辱、羞愤、恐惧，生不如死。后悔没听爹娘的话，在脸上抹上锅灰躲起来。当时只是一心想救刘洪，根本没考虑到自己会面临多大的危险！泪水和着汗水在脸上横流，她疯狂地甩头、踢腿、咬断舌头，用力吐出的血沫不足以阻止禽行，她根本不是三四个强壮男人的对手。

此刻，死，也成了一种奢望。

忽然，绝望的小青花在群魔乱舞的缝隙中，瞥见了一双悲悯的眼睛，那个年轻的日本兵一双发抖的手正举着枪。

"求求你！打死我。"她声嘶力竭的呼喊犹如利剑穿透他的心脏。

"砰"的一声枪响。猛烈喷射的血液，带着解脱和复仇的快感，冲溅得几个禽兽满身满脸。

爹娘在碗里下的老鼠药也随之发作，四个喝酒吃菜的全都倒在地上挣扎。

终于，一切都静止了。

只剩下那个年轻士兵，满脸惊恐，双膝跪地，嚅动着嘴唇，低声呼喊着："美惠子。"

"啊！啊！啊！"随着一声声狂怒的吼叫，有人冲进来，疯狂挥舞起匕首，刀刀毙命。踏着那些尸体，刘洪冲过去紧紧抱出小青花，涕泪交加。

所幸，小青花没有死，她被救活了，并且和刘洪一起踏上了革命道路。她加入了八路军，和战士们一起训练。她学会了用枪，打出去的子弹又稳又准。她上了战场，和日本鬼子展开了正面厮杀。

有一次，她所在的部队负责阻击进犯的日军，由于弹药缺少补给，她手中的子弹用光了。眼看着敌人端着枪就要冲上高地，小青花没有退缩，她率先站起，端着刺刀高声大喊："同志们冲啊！打倒日本鬼子，将他们赶出中国！"

战友们受到小青花的鼓舞，一时士气大振，一起大声高喊："把日本鬼子赶出中国，冲啊！"

敌我双方展开了一场激烈的拼杀，小青花的满腔怒火在这一刻彻底喷发，她要为死去的亲人报仇雪恨，要把日本鬼子碎尸万段。冲上来一个敌人，小青花就杀一个，令强悍的日本鬼子吓破了胆。

那次战斗，他们夺得了意想不到的胜利。但是小青花的手臂受了重伤，猩红的伤口都能看到里面白森森的骨头。小青花命大。抗战结束后，她和刘洪结了婚，选择了退役。她和丈夫重新回到淮安老家，隐姓埋名过起了风平浪静的生活。

钥匙的自白

我骄傲。

工匠们一次灵巧的构思、完美的设计，赋予了我最为流畅的线条，汗水与心血交融后倾注在我质地优良的合金里。一缕来自人类智慧之光的灼照，那些原本暗淡的、卑微的分子运动忽然趋向明亮，丰盈而又高贵，缔造出了一把防盗门钥匙。

我就是那神奇的钥匙，垂挂于主人肚满肠肥的腰间。

常常会有人给我配一个好看的圈或者链。不是自夸，跟我匹配过的扣子可谓造型繁多，有卡通造型、品牌造型、仿真模型等等，材质一般如铜质、铝制、橡胶制、塑料制等等。但是，不论它们有多么独特、多么精致、多么华贵，也一样会被换掉，走马灯似的换。

渐渐地，这竟成了一种嗜好。

如果许久没有给我更换新扣子，我会烦躁不安。正如我渴望工作。插进锁眼，缓缓进入，左右翻滚，直到柔软的弹簧芯迸发出一声快乐的叹息。

瞧，好事又来了。我被主人从腰间取出，一如既往地被一双陌生的小手轻轻接住。

"你带话给你们董事长，惠山那块地我会考虑给你们公司的。"主人挺了挺大肚子，摆出一副志得意满、顾盼自雄的派头。

"谢谢您。"

"不过，接下来的一切要看你的表现。"主人说着凑近那双手，想要亲吻。

"君子动口不动手。"陌生小手闪电般躲开。

这种反应让我大感意外。一般情况下，主人总会得手。

得手后，柔嫩的小手要么泛红，要么惨白。

这次怎么失手了呢？

"你不够意思！"失手的主人着实有些恼火，这样的失败是他以前不曾经历过的。

"明白，不就是给这把钥匙换个扣吗？"她调皮地眨眨眼睛，摊开手掌心。我散发着幸福而骄傲的光芒。

"好吧，你懂的！"主人马上换了一张笑脸，提醒说，"你手里捏着你们公司的运气。"

于是，她开始给我换扣。一会儿是精美的酒瓶造型，魔方和水晶葡萄的混搭；一会儿又是台灯上镶着白色钻，闪亮的流苏吊坠。我不免眼花缭乱。不过，我更喜欢这双反复拨弄我的小手，十指尖如笋，细嫩如莲藕。我从没见过这样美的手。

怎样才能让这双手永远地为我服务呢？看来我只能寄希望于我那神通广大的主人了。

转眼到了午后，主人熟悉的声音传来。

"好女孩要懂规矩。"

"谁说的？我怎么从来没听说过这样的话？"

"你来，我当面告诉你。"主人放下了往日居高临下的姿态，甚至还带点缺乏骨气的央求。

"好吧，你把地址再说一遍。"这次沟通竟是意外的顺畅。然而，按理说合上手机，她就该有行动，比如说盛装打扮、吹头、打车等等。哪个女孩去约会前不要刻意忙碌一番？她却一直默默地坐着，攥紧我这把钥匙。

在她的掌心里，我浑身汗湿，心急如焚。

我渴望工作，插入我熟悉的锁孔。

打开门，我就打开了一座宝库。

打开门，我就为主人打开了一段欢乐时光。

嘘，保守秘密是我生命的意义。

不过，对于这双可爱的小手，我很乐意打破常规提醒她：惠山那块地可是很多公司争抢的风水宝地呀！

可惜她根本感觉不到我的热心。幸而主人的电话又来催了。

"怎么还没到？"

"你发个定位图给我好吗？"

"你打车，告诉司机到幸福湾188-8。"

"不行，我就要你发定位图。"

"好吧！"

我忽然有些紧张，这是从未有过的情形。她镇定自若的样子，我丝毫也窥探不出她对主人的期待。

果然，女孩到达后并未立刻进门，而是围绕着别墅走走停停，瞪大眼睛四处打量。她不停地看表，好像在等什么人。

我断言：她绝对不是来和主人约会的。

作为钥匙，我该警惕地捍卫主人的利益。可是，主人就是太自信太大意了，他总是放心地把我交给各种女人，让她们自己开门来见他。我只是一把钥匙，我能有什么办法？我的使命就是插进锁眼，缓缓进入，左右翻滚，开启。我落在谁手里谁就获得了支配权。就像此时此刻，我帮别人打开了门，把很多陌生的面孔迎进家门。

我的主人惊慌失措，笨拙的身体好像一只待宰的年猪，翻了几个滚才从宽大的席梦思上坐起来，浑身颤抖如筛糠。

"你们是谁？"他结结巴巴地问。

"检察院的。"来人向他出示了搜查证。

"咣当"一声，我惊得从桌子上滚落下来，"滴溜溜"转了好几个圈，原地不动了。

绝　配

她决心演一出戏。

她从没有演过戏，她是个守本分的好姑娘，只是上帝在创造她时打了瞌睡，弄错了模子，把一颗柔情似水的姑娘心，安放在一个高大壮实的身板里，这给她的生活带来了无尽的烦恼。

深夜辗转反侧，床板压得"吱嘎"响，梦想变成林妹妹。可惜啊，黄粱一梦又一梦。

狗急要跳墙，驴饿啃槽帮。女汉子暗咬银牙，她要努力搏一回，成为人们目光的焦点。

车间里热浪滔滔，摇头扇推波助澜。工人们无处躲藏，一个个歪头佮样，头发棵里冒油，太阳穴突突跳，身子斜靠在机器旁，东倒西歪，都不甘心这宝贵的半小时午休白白流失。

人生不就是一出戏嘛！

女汉子勇敢地走向舞台的中央，哪怕是只有几十号人的车间。

她用一声女人的惊叫，瞬间把众多目光引向自己。

张刚和刘芳从一个隐秘的角落里冒出来，眼睛贼亮，脸蛋鲜红。

"大个子女人。"刘芳说，语气里面透出几分鄙视。

"她也算得上个女人吗？"张刚咬着刘芳的耳朵嘻嘻笑。

刘芳娇嗔地擂他一拳，骄傲地扭动着杨柳细腰。

"哈，大个子居然害怕虫子，这也太搞笑了。"不知道谁说了一句。

"看着挺大的块头，还真有点儿女人样。"围观的人"呵呵呵"起哄起来。

"不就是一条菜虫吗？"

确实，那条软绵绵、碧绿碧绿的小菜虫，正神气活现地爬在大个子女人的袖口上。

"啊，啊！"她再次发出尖叫，缩脖子，瞪眼睛。

"好怕怕！"有人模仿她的声音，惹来更多的笑声。

"英雄呢？"刘芳把张刚往前推，张刚一弓背，溜掉了。其他男人见状也往后缩了又缩。

大个子只得继续表演独人舞，胡乱地甩动胳膊，惊恐地大喊大叫。

那虫子很配合，起动了无数小吸盘，牢牢扣在布眼里，把自己定格成一尊虫雕。

"这小虫子叮得牢呢！怕是公的吧。"

"虫子没眼力。"

"虫子知道个啥，只要是个母的就行。"

大个子大约是听不到这些嘲讽的，她已入戏太深，眼睛里流出蔫巴巴的泪水来，那是女人的撒手锏。

"咦，她哭啦。"

满车间爆发出幸灾乐祸的笑声。

"她还哭呢，虫子要被她吓尿了吧！"

"谁帮她把虫子拿掉。"主任倒背双手走来，"快到上班时间了，不准再闹了。"他这么一说，就有人三三两两地借故走开了。

这时，斜刺里冲出个一米五几的小个子男人。

小个子男人说："你别动。"女人就乖乖地把手臂伸过去，小个子男人用手一拨拉，那虫子掉在车间满是粉尘的地上，打了好几个滚儿，想要逃走，被小个子一脚踏住。

"果然英雄救美。"有人说。

小个子狠狠挖了那人一眼。他的眼睛格外大，像铜铃，挖得那人发怵。

后来有一天，大个子忽然给大家分发喜糖，说她结婚了。

小个子也来发喜糖了，都是同样的包装。

车间里顿时炸锅了。有人为他们高兴，有人摇头叹息说太不般配了。

也不知道上帝是怎么搞的，把个女人捏得粗枝大叶，把个男人捏得细胳膊小腿。

大个子在朋友圈晒结婚证，人们这才记得她还有一个很好听的名字：肖楚楚。

肖楚楚着装喜欢深色，一年四季一抹黑，远看近看都像柏油桶。小个子并不嫌弃她，她也不嫌弃小个子。他们一同上下班，还常常勾肩搭背。

有人看不惯了。

"鸡皮疙瘩掉一地。"刘芳瞥一眼他们的背影，鼻子哼哼的，用手挽住张刚的胳膊。

俊男靓女招摇而过。有人说，这才是绝配。

又有人赶着追问小个子："你们晚上谁在上面？"

"上下都行。"小个子一本正经地回答。

"那你够得着吗？"

你猜小个子怎么回答？把人笑喷了。

于是有人非把舌头根子嚼到大个子那里："中间看齐啊。"

"你们好坏哦！"大个子满面娇羞地说。

"你们好坏哦。"又有人学到她丈夫那里。

反正，这世界上哪里都不缺喜欢管闲事的人，好在这对夫妻从不怕人打趣，大个子好坏不开口，小个子兵来将挡、水来土掩。

后来，大个子给小个子生了个闺女。这回上帝诚心改正错误，身材长相全随了父亲。

见过的人都说大个子小个子好福气。

每次这三口之家手牵手走过，都会引来艳羡的目光。有人会发出惊叹：真是绝配！

人们又想起来另外一对，不承想，早就各奔东西了。

菰　米

　　林少是某房地产商的独生子，他曾经的浪荡生活我们不便
一一赘述。游戏与女孩子瓜分了他大部分的时间与精力，名片
上某某公司总经理的烫金头衔，犹如套在野马脖子上带红缨子
的铃铛，是用来装饰、炫耀的。

　　某天，他忽然在公司里正襟危坐。那并非因为他幡然醒
悟，要为父亲分担起责任，而是因为他看上了公司里一个文员，
并且和母亲打了赌，保证半个月之内搞定她，否则，他就得乖
乖听话去英国读书。

　　他的目标——菰米是一个二十出头的美丽女孩，每天除了
完成办公室指定的任务之外，经常会捧一本厚厚的书来读。他

偷偷观察过，一本叫《永恒的孩子》，一本叫《赎罪》。他回家在书房里找到这两本书，看完简介之后直接扔到了一边。现在哪有什么人读书呀？

"看书不如听我讲故事。"

对于他的调侃，菰米总是嫣然一笑，竖起耳朵，带着真诚的关切倾听。林少反倒张口结舌面红耳赤，支支吾吾地不知讲什么了。

奇怪，之前用在别的女孩身上的花招，在菰米这里根本不顶用。

他为此感到烦恼甚至恐慌。他可不愿意被爱情束缚住手脚。和谁结婚是命运早已安排好了的。他是家族企业的筹码，他明白肩上的责任，所以结婚前就想由着性子闹个够。这也是他和母亲之间的秘密约定。

如果说，他只是单纯地为女孩子的美貌意醉情迷，那还不叫危险。可是菰米与众不同，眉眼间那稍纵即逝的忧郁、丝丝缕缕迷烟般的神秘感，总是紧紧抓住林少的心。

袅袅婷婷，款步姗姗。随着她身体的移动，一股奇异的清香弥漫出来。他发现，她桌子旁边的长颈玻璃瓶里，养着一种他从未见过的植物，长长扁扁的叶片，茎上丛生了一簇紫色花朵。香气，若有若无。

他灵机一动，拨出去一个电话。

半个小时之后，有人送来一个玲珑剔透的白玉花瓶。他得意扬扬地把它放在菰米的桌子上，用下巴指了指："你那玻璃瓶里养的是什么花卉？"

"不是花卉，就是一种浅水草本植物，叫菰草。"

"换个瓶吧。"

"谢谢林总，我不需要。"

"我说换掉就换掉。"林少霸道地说。

她说句"对不起"，捧着白玉花瓶送回林少办公室，用行动表明自己真的不需要。不料，没等她走出门，身后便传来"哗啦"一声巨响。

"我送出去的东西从来都不会收回。"林少冲着她的背影说。

她稍稍顿了一下，昂然走了出去。

林少开始失眠，做梦。梦里他独自泛舟在一片陌生的湖泊，湖两岸边丛生着芦苇一样的草，密不透风。他被这种神秘的草困住了，船在原地打转，怎么也划不出某个水域。

梦是一个奇异的暗示，他对此深信不疑。

第二天，他把菰米叫进办公室，突然关上门，从后面抱住她，直接咬住她的耳垂，和暖的气息夹着危险的欲望。她挣脱出一只手去够门锁，却被他扳转过身体，面对面了。

"你别紧张，我不会伤害你的，我只想和你多待一会儿。"他一面气喘吁吁地说着，一面把嘴贴上去，捕捉到她的唇，狠命地想把舌头挤进去。不料，她的抵抗变得猛烈而顽强，他读到了她眼睛里的怒气，他在迷惑中松了手……接下来，一声清脆的响声，一个清晰的五指山印在了他的脸上。

菰米的胆大包天使他始料未及。

他可是某集团堂堂董事长的儿子，未来的接班人啊！

他愤怒不已，粗暴地反剪了女孩的手，责问道："你是不是收了我妈妈的钱，你是不是她雇来羞辱我的？"

"我不明白你说的这些乱七八糟的事情，我只想告诉你，别以为你有钱就可以为所欲为。"

"你敢发誓你不是我妈妈雇来的？"

"我发誓。"

不久，菰米辞职了。

林少把自己关在房间里三天三夜。母亲吓坏了，后悔跟儿子打赌这件事。

她开始责怪起父亲："瞧你出的这个馊主意。"

父亲摆摆手说："你不要总是溺爱，失恋是一场苦修。如果这场苦修，能让他反思，那么这段感情还是有点用处的。他以前就是太顺了，根本不知天高地厚。"

"菰米太没良心了，若不是我们资助她上大学，她能有今天吗？"母亲说。

"菰米如若跟其他女孩子一样成天缠着他，你愿意吗？"父亲反问道。

"可她也不能这么对待我儿子。除了不爱读书，我儿子哪块不配她？"母亲为儿子感到愤愤不平。

"说到底，菰米不爱他。"父亲若有所思。

"你能不能想办法把菰米叫回来？我真怕这失恋的打击会让儿子一蹶不振。"母亲说出了自己的担心。

"简直是胡闹。难道你还想继续利用菰米吗？"父亲狠狠瞪了她一眼，"我也年轻过，我相信他这种状态只是暂时的。对于男人来说，爱情是生活里最无关紧要的一部分。我只是想借助这次打击让他迅速成熟。这事你不用再插手，我自有办法。"

不久，林少收到一本书。

《菰草》的封面是一片茂盛的菰草，和他梦里见过的一模一样。它是一种浅水草本，在阳光充足的地方适应性很强，它的果实是菰米。但它必须要抵御住一种黑粉菌的侵袭才能长成菰米。否则，它就只能长成茭白。

菰米原来是一种多么高洁的果实啊！

打开扉页，一行娟秀的小字："读书，让我们成长为最好的自己！"署名正是作者菰米。

此刻，他想起泰戈尔的一首诗歌，其中两句：世界上最远的距离是鱼和飞鸟的距离，一个在天，一个却深潜海底。他悲哀地发现自己和菰米之间隔着一堵难以逾越的墙，那墙不是金钱堆砌的空中楼阁，也不是命运缔造的隔阂，而是书本的厚度。

他找到父亲说："我接受你之前给过的建议，送我去英国读书吧！"

父亲的目的达到了，按理说故事也讲完了，然而更有意思的是两年之后，林少学成归来，在苏北金湖打造了独一无二的"菰草农庄"，盛产菰米。这种米由于太难得，所以很金贵，全国各大超市供不应求，林少因此取得了巨大成功。

这时候的林少早已脱胎换骨，俨然一位成功人士。他信心满满地找到孤米，郑重其事地在她面前摊开那本书，说："我今天所有的成就都是拜你所赐！"

孤米拿过书翻了翻，"哧"的一声笑了："我根本没有给你寄过我的书，这些字更不是我写的。"

做一颗星星

　　王思懿今天洗碗有些急，水龙头拧到最大。"哗啦啦"的水柱被一双翻飞的小手不断激起浪花飞溅，一个一个锃亮的碗摞得高高的，晃啊晃，猛地倒下来，缺口的"寿星碗"溜得最快，几个翻身，"咣当当"滚到锅边上，被正在剥毛豆的奶奶一把逮住。

　　"啊呀呀，咱们的小洗碗工这是怎么了？几次把油星甩到我的脸上不说，还差点打碎了碗。"奶奶嗔怪道。

　　声音惊动了爷爷，他急忙从里屋跑出来替孙女解释："楚楚（王思懿小名）今天心里装着大事，她下午要上台呢！"

　　"大惊小怪，她从小就上台唱歌跳舞，又不是头一回。"奶奶不满地翻了个白眼。

爷爷没再搭理奶奶，他一边给孙女拍小视频打卡发抖音，一边安慰她："以后不管心里装着多少事，都要一样一样慢慢来。"

王思懿乖巧地点点头。

下午，小区里为期二十天留守儿童暑期读书班就要开始啦，这可是王思懿提议并且组织的。而且，今天她要上台主持并且开讲第一课，作为一个小老师，她可不想闹笑话。

刚到读书班，她就听到一个熟悉的声音："王思懿。"她一回头，瞄到坐在前排的佳佳。嗯，真好，这个胆小的女孩终于肯走出来参加集体活动了。

佳佳很不幸。一场惨烈的家庭变故，使她一夜之间失去了依靠。王思懿清楚地记得，第一次见到她时，她一直躲在角落里哭泣，拒绝志愿者和亲戚们的安慰。刚刚发生在他们家里的惨祸过于可怕，冷风飕飕，细思密恐，王思懿也因此不敢走近她，一直躲在爷爷身后，看着佳佳无助地哭泣。

像佳佳这样的朋友，王思懿还有好多好多，都是在一次次的帮扶中认识并且成为好朋友的。今天台下就有两三个，他们都是来听她讲课的，还有爷爷奶奶的老朋友也跑来给她捧场。

朝佳佳笑了笑，王思懿淡定地走上讲台，那双清亮的大眼睛闪烁着自信和智慧的光芒。她讲了这个活动的意义，再讲周恩来的故事。

有人带头鼓掌，接着，台下掌声雷动。

立刻，有一种扬扬得意的感觉弥漫在一个人的眼睛里，那就是王思懿的爷爷。爷爷是她最忠实的听众和最得力的助手，他不仅负责拍照发抖音宣传，还要负责安全管理。

王思懿是爷爷的骄傲！

爷爷也是王思懿的骄傲。

"我爷爷是中国好人！"每次向别人介绍她的爷爷，她就会情不自禁地挺挺胸膛。在她眼里，爷爷是最厉害的人，左邻右舍谁家有个什么困难，都喜欢找王爷爷，王爷爷成了大家的主心骨，只要他的身影出现，什么难事都能解决。为了能够帮助更多的人，爷爷牵头创办了"淮安世纪爱心服务队"。

"好心一颗连一颗，聚成太阳暖四季。好人一个帮一个，同心共渡人生河。"爷爷总这么教导她。其实，起初爷爷并没有刻意让她参与。她还太小。有一次，服务队里有个志愿者姐姐带她一起去看望一个孤寡老奶奶，瘪嘴的老人像一只干瘦的大虾，躬身坐在一个破旧的沙发上，大姐姐掏出钱放在她颤抖的手里。她也跟着把身上仅有的十块钱零花钱掏了出来，那可是她四岁生日奶奶才给的零花钱呀！

爷爷看在眼里喜在心里。好的教育不正是这样吗？你做，我跟着效仿，传承爱就是这样进行的。

从此，爱心服务队里多了一个来回奔忙的小身影。

她跟着爱心服务队去福利院、残联康教幼儿园跳舞做游戏，到特校帮助聋哑小朋友学花艺，来敬老院给老人唱歌跳舞包饺子……她越来越热衷于跟着爷爷去做公益，辛苦着、快乐着、感恩着。孙女的手语舞《我要谢谢你》，每次都能看得爷爷热泪盈眶。

善意需要激发，越激发就越喷发，她的爱心给了爷爷灵感。爱心需要传承，淮安爱心服务队开始吸收年轻人加入，青年中队、红领巾中队应运而生。以王思懿为首的红领巾中队特别活跃，他们的活动频繁而又贴近地气，令人刮目相看。那个胆小的佳佳，成了他们的小旗手。

不做“必剩客”，争当“光盘族”。她说相声，领读《悯农》，绘声绘色地向人们传达着“厉行节约，反对浪费”的理念。

七彩夏日，他们反复朗诵“民法典三字经”，让“学民法典，做文明人，创文明城”的公益宣传活动深入人心。

疫情期间，王思懿还自编自演了“宅在家里学文化”“防疫情三字经”，让爷爷发抖音，让更多的人响应政府的号召，做一个遵纪守法的好公民。

爱，就像滚雪球，越来越多的人加入了他们，爷爷的公益团队已经发展到四百七十人，变成了 4A 级信用等级，已经资助六十九名困境儿童。

王思懿被评上省里的新时代好少年，整个学校都轰动了，爷爷奶奶都很高兴，逢人便夸耀，比爷爷得了中国好人还值得骄傲。同学们更是以她为榜样，一年级的小学妹简直把她当成小明星了，拿个本子找她签名。

嗯，这个可真是难为她了，“王思懿”三个字有些难写。

她噘起小嘴，向奶奶表达着不满：“是谁给我起的名字，笔画这么多！”

"是你姑姑起的。"奶奶说。

姑姑是个重度残疾的姑娘，像是被风雨摧残过的花朵，只剩下花梗，吃饭穿衣都需要奶奶亲自照料，但是姑姑性格很要强，用她唯一灵活的手指在电脑上开起了网店，生意还不错。这样一位有思想又有个性的姑姑，肯定不会随便给她起名字。她当即从书包里翻出字典，认真查证起来："思"字好理解，关键就是这个"懿"字，释义是"美好"（多指德行），她瞬间对姑姑充满了感激，还有比这更美好的祝福吗？

爷爷说，无论生活给了他们多少磨难，他们都要活出自己喜欢的样子，就像姑姑的身体哪怕像一颗支离破碎的星星，总归是有棱有角，还会发光。

王思懿也愿意做这样的一颗星星。

流　年

　　"东子回来了，听说在部队抢灾救险立了功。"妈妈推门进来，挟裹着早春的气息。

　　我像地鼠一样钻出被窝："我要去看解放军叔叔。"

　　"哥哥怎么成叔叔啦？"妈妈点一下我的脑袋，取来棉袄棉裤给我穿。

　　我缩进被子，踩风车一样一阵乱踢乱蹬："我要穿灯线绒夹袄。"

　　妈妈隔着棉被拍了我一巴掌："天还冷得很呢，冻感冒了又要打针。"

　　"我不怕打针，我和解放军叔叔一样勇敢。"我爬进妈妈怀里撒娇。

"随便她穿什么啦。"爸爸说，"太阳明晃晃的。"

那年，我八岁，东子二十岁，我们两家仅一墙之隔。

东子回家探亲，左邻右舍的都往他家凑热闹。东子那军用包里绵绵不断涌出各种新鲜的玩意儿，邻居婶娘、阿妈眉开眼笑，都有意外惊喜。东子塞给我一把花花绿绿的水果糖，轻而易举地俘获了我的心，轻轻剥开，舌尖儿一舔，甜丝丝的味儿漫溢到五脏六腑。

从此，我成了他的跟屁虫。他给我讲军旅故事，讲边防传奇，还教我背诵唐诗，在我懵懂的心田里埋下了浪漫的种子。

我时常摸着他帽子上闪亮的红五星说："东子哥，我也想当兵。"

东子说："好啊，你若当兵，哥带你骑马。"

东子没能带我骑马，却带我骑车了。

那是个和煦温馨的春晨，阳光沐浴着新生的绿枝嫩叶，大地吐露芬芳。我坐在永久牌自行车的后座上，东子哥哥的大长腿分跨两边，轻轻一蹬，我的小辫子就飞起来了。

在绿树浓荫的村子里，在蜿蜒的乡间小路上，东子身体的气息迷醉了我，军人的光环笼罩着我，我小小的心坎升腾出一股自豪和情思。

"咔嚓"一声，我们被永远定格了。一位在村里蹲点的新闻记者，用相机记录了这一瞬间。

乡村小路上响起清脆的铃声，一位年轻英俊的解放军战士载着一个梳麻花辫的小女孩，从三十年前一路骑过来。

毫无征兆的，我的儿童时代从一本书里滑了出来。至于这张照片是怎么落到我家的，已经被时光封得严严实实了。我八岁的女儿捡起照片问我："这是谁啊？"

"妈妈小时候和一位解放军叔叔。"

旧照片把溜走的时光拖回。犹如一只苍老的手，去慢慢拨开汩汩翻涌的岁月波流，去抚摩那些渐行渐远的悠悠过往，不停回溯。

那时，家门口的槐树长得枝繁叶茂，巨大的臂膀一直延伸到隔壁东子家的院子里。五月，正是槐花盛开的季节，它们旁若无人地恣意吐蕊放香，我"哧溜"上树，紫色夹袄像一朵硕大的槐花盛开在枝丫间。我一面采摘槐花，一面不时捏几朵花丢在嘴里，咀嚼细微的甜香。

东子家的院子一览无余。东子坐在石凳上，看一本厚厚的书。正是薄暮时分，村里已经升起缕缕炊烟，蟋蟀开始低鸣。我吃了很久的槐花蜜，东子看了很久的书。终于，他仰头，朝我招手："丫头，快过来，哥哥上次教你的唐诗还记得吗？"我点头，"哧溜"下树，眨眼就到了东子跟前。他说"白日依山尽"，我接"黄河入海流"；他吟"明月几时有"，我唱"把酒问青天"。东子的脸上浮起满意的笑容。

英子姐姐来了。

"你怎么来了？"他眉毛拧成一个疙瘩，不等英子开口，他已经站起来，大步跨出院子。英子追出去，英子的两根长辫子撵着她圆圆的屁股，来回拍打着。

第二天，东子留了一张字条，提前归队了。他爹提一根擀面杖一直追到渡口。无奈，雨潇潇，风鼓鼓，渡船早就漂得不见影儿了。

东子很久没有再回家探亲。

东子的爹说，我们家东子没福气。

英子姐姐很快嫁给了一个拖拉机手。

高考那年，我报考了军校，只为能和东子哥哥在部队里相遇，以同志的名义互相敬礼，只为东子能带我骑马。

可惜事与愿违。

我后来嫁了个警察，警察也有一身戎装，纯洁公正，形如风，立如松。

警察对我呵护有加。可是，我三十五岁那年，警察在一次抓捕行动中殉职。

感谢时间缝合了伤痛。

眨眼之间，我孙女儿也能打开相册了，她指着其中的一张照片问："奶奶，这个解放军叔叔是谁啊？"

"是你东子爷爷。"我说。掐指算算，呵呵，他该六十八了。他团级干部转业，在离我数百里的城市里，听说他的妻子两年前去世了。

一番思量，便成旦暮。那天，我想了很多：

余生，在夕阳红养老院里，耳聋眼花了，行动不便了，我们坐在轮椅上，仍然彼此照应。就像小时候那样，他叫着我丫头，我叫他东子哥哥。无与伦比的经典照片总能把时光唤回，东子哥哥翕动着干瘪的嘴唇，抖着手把照片递给我：瞧瞧，你当年的小模样。

那天，我反复拨打他的号码又按掉！

有一种爱情

父亲临死之前绝对有预感。一定有某个神秘的信号直接传输到了他的大脑，才会使他那样急急地对我们喊出一声：快点，我要走了。之后，目光散淡，瞳孔放大。

我们丢下吃了一半的午饭，手忙脚乱地给他穿好衣服，一道白光从他的躯壳里脱颖而出，袅袅飞升。

就在前三天，母亲看他气息奄奄的样子，就把那一捆精心缝制的长袍马褂，晾晒、叠好放在他脚下。

他用极其哀怨的目光看着母亲准备着这一切。

那时候，奶奶还在，她用枯槁的手反复按摩着父亲冰凉的、不断长出紫色斑块的腿脚。她明白自己的徒劳，喉头一阵哽咽："乖瓜，我多想求求阎王爷呀，求他把你换下来。"

那时候，父亲已经指挥不了他的四肢，只能眼睁睁看着奶奶因悲伤而扭曲的脸。

父亲嘱咐母亲说："我对不起你，劳驾你为我妈养老送终，还有两个未成年的孩子也一并托付给你了。我去另一个世界里保佑你。"

母亲日后跟我说："你爸最会骗人，今生今世他都没有一心一意地陪我走过，到了另一个世界还指望他保佑我？"

母亲说这个话是有依据的。

父亲是个医生，他曾经经历过一个特别离奇的事，有一天他在办公室，看见一个女病人走进来，向他面露感激之情，随即消失。父亲飞奔到病房，那个女病人刚刚离世。女病人是我父亲的前女友。

火化炉门完全关闭的刹那间，我最后看了一眼我父亲留在尘世的脚，穿着我母亲亲手做的黑松紧口布鞋，四十二码。我母亲天生一双巧手，总能把父亲打扮得体体面面地出门，这次也不例外。可是巧手也没拉住父亲的心，她这一辈子就是替父亲还债的。

父亲抖落了岁月的尘埃，身手敏捷地蹿上高高的云端，神态柔和而庄严。

我手指着给母亲看。她的视线被泪水糊住了，看不清。

姑妈对我母亲的表现非常不满，她屡次对我说："你妈妈命硬，心也硬。你爸从生病到去世，我一次也没有看过她捶胸顿足、披头散发地在地上滚来滚去，顶多就淌几滴眼泪。"

我赞同姑妈的话，母亲的确看起来没有那么悲伤。

不久，我父亲挽着一个美丽的女子找到我，说："让你妈妈放心，我现在很幸福，身上所有的疼痛都消失了。阴阳两隔，以后我就不来看你们了。"这之后我真的再没有做过关于父亲的梦。

母亲问我，那女人长得什么样子，我说，影影绰绰的看不真切。

她叹息说："你爸从来对我不守信用，活着如此，死了还这样。"

我生气地打断她："我爸怎么不守信用了？你干吗老是埋怨来埋怨去的？我爸爸就是被你气死的。"

母亲对我的态度很是吃惊，但她似乎也找不出话来反驳我，只得默默走开了。

以后，我很少看见母亲的影子。她总在外面忙碌，很晚才回家。

父亲去世一周年，家里请了和尚念经，做道场，来了很多人。大晚上的，她又抽空溜出去，左等右等不来。我姑妈烦躁地在亲戚们中间来回走动，不停地嘀咕：太不像话了。

奶奶竭力维护着母亲说："家里十几亩地呢，圈里又是几头猪，她成天忙得屁股不着板凳……"正说着，母亲回来了，她"砰"的一声从肩上卸下个大蛇皮袋，足有半人高，里面全是新鲜的西瓜皮。扔下火钳，除掉草帽，露出黑黢黢的脸。她戴草帽捡瓜皮，怕碰着熟人。

"猪断顿了。"她解释道。

"今天是什么日子啊？"姑妈的眼睛里冒出火焰。

我则对着父亲的遗像号啕大哭。亲戚们纷纷指责母亲说："也不看看今天是什么日子，真不该……"

母亲气得浑身发抖，忽然就倒下了。现场顿时一片大乱，他们围住母亲掐人中、薅头发、捏手、按胸脯，好一阵急救。

奶奶搂住我母亲的头哭着说："好乖乖，你千万不能有事，你是我们家的顶梁柱哇，孩子们小，不懂事，你不要跟他们一般见识，我们这个家离不开你呀……"

奶奶的话引得周围一片唏嘘，也如一声炸雷惊醒了我蒙昧的心，我一味地沉溺于对父亲无尽的怀念之中，而无视母亲默默的付出。自从父亲去世，我和弟弟上学，穿衣吃饭，家里的哪样花销不是母亲从泥里抠出来的？秋收大忙，十几亩稻子，她一个人弯腰撅背，一垄一垄地收割、捆扎，搬着、扛着，用杈子挑，把板车装得像座小山，又冒充汉子，赖下屁股，蹬着腿，挺着胸，一趟趟拖运到工场。她丢下镰刀拿摊耙，丢下摊耙拿扫帚，走路赛小跑，恨不得打着飞儿……

姑妈还想发表点什么演说，被我奶奶厉声制止了："你走开，我们家的事情以后不许你插嘴。"

我和弟弟被亲戚拉到母亲身边，跪下。一旦眼前的迷雾被拂去，母亲的形象就会变得生动而具体，仿佛第一次这么近距离地瞧着母亲，瞧着她瘦削的腮帮，深陷的眼窝里滚出无穷无尽的泪水。

她忽然支撑起身子，四肢着地，一路爬向父亲的灵位，大放悲声："你好狠的心啊，为什么要一个人先走，把担子撂给我一个人？"我和弟弟不由自主地一同扑进母亲的怀里，大声喊着："妈妈，妈妈。"

母亲那天哭得声嘶力竭，直到嗓子不能发声，终于把心里的各种苦水全部倒了出来。

母亲是守信的，她最终把奶奶养老送终，把我嫁出了门，为弟弟娶了媳妇。她每完成一件事情都会对着他的遗像念叨：你总这么年轻，等我去见你的时候怕是不受待见了吧。

逢着我爸的忌日，我妈只烧香，不烧纸。我不满地问："干吗不给我爸烧钱花？"

她说："钱多了他又去找女人。"

蝴蝶飞飞

卉风总感觉自己在睡梦中被人暗算了，下手不轻。早晨起来，镜子里的女子青头紫脸，鼻翼两侧几只褐色的蝴蝶顽固地停驻在那里，在她日益消瘦憔悴、颧骨突出的面颊上盘踞着。

"王东，"她喊老公的名字，好像冰雹落在瓦脊上，"咱们家新房子门口必须装个监控。"

一个清瘦的男人闻声从卫生间里疾步走出，手里的剃须刀"嗡嗡"响着："咱们那里是高档小区，门卫、转角、楼道、电梯都有监控的。"

"你怎么事事都要和我唱反调？"她顿时火冒三丈，抓起手包，旋风般冲出门去，"砰"的一声把满肚子怨气扔给屋里的人。

近来，她总被浓浓的黑暗包裹，浓极了的黑暗，像有重量似的压迫着她的身心。有时候，她觉得自己仿佛被埋在万丈深渊里，完全与这个世界隔绝了。她感到恐惧和窒息，种种的不如意接二连三。

可不，一上班就撞见霉运。电梯刚到，卉风就听见身后有铁蹄一样的皮鞋嗒嗒声。一男一女挽着臂膀飞快地冲进来，一股香风弥漫在狭小的空间里。

"卉风。"女人带着微笑的酒窝，喊出她的名字。

她一撩眼皮。这个衣着光鲜亮丽的女人居然是老同学杨露，她旁边的那个可是当年女生心目中的"白马王子"呀。

"王子"礼貌地冲她点点头。抬手致意时，手腕上的劳力士如夜明珠一样熠熠生辉。

她用力挤出笑脸，嘴角弯出的弧度却表明，她想哭。

电梯里的金属墙面如同一面镜子，清晰地映照着杨露粉白娇嫩的脸，对比着她的，是一张被蝴蝶摧毁了的面孔。

终于，电梯在莫名的寂静中停住。她一仰下巴走了出去。

办公室像口棺材。她吃力地把窗子推出一个豁嘴的样子，一股冷风从高空扑过来，裹住她，吹得她浑身上下冰凉冰凉的，一直凉到骨头里，凉到灵魂里。有那么一瞬她想随风飘出去，如同一片落叶、一粒尘埃。

下班，王东开车来接她。他们的新房子正在装修，虽说是个小套，但环境一流，小区高档，和公婆分开住一直是她的梦想。

一上车，王东就告诉她说："昨天我碰到杨露夫妻俩了，他们居然和我们家对门，是个大套。"

王东说完，瞥了一眼他的妻子。这一眼使他后悔不已，他确信有些消息是能杀人的。卉风的脸色陡然变成灰黄，死了似的。而那些蝴蝶却是异常活跃，幽灵般从她的眼窝深处、鼻翼两侧源源不断地涌出……

卉风疯了。

卉风在照镜子的时候，发现脸上的大蝴蝶生出了小蝴蝶，她一怒之下砸了美容院的玻璃门。大骂说，什么狗屁激光，越激越多。里头便有人回骂她是个疯子，说她的名字就是一种暗示。卉风听到这话就真疯了。

疯子被家人以爱的名义送进了一家医院。

这是一家特别的医院。

卉风每天会被人蒙住眼睛，牵着手，带到一处鸟语花香的地方。

她仰面躺在草地上，立即感受到大自然温情的接纳，悠扬的音乐如水一样漫过指尖、脚背、头顶。阳光从云端里照射下来，像无数条巨龙喷吐出金色的瀑布，落进心田。周身，春意盎然，万物苏醒，麦苗儿拔节的吐纳、流水的叮咚、花开的娇喘，满世界都是楚楚动人的生长。

一个熟悉的声音在对她反复叮咛："执着如渊，是渐入死亡的沿线；执着如泪，是滴入心中的破碎……"

观世音菩萨慷慨地把甘露洒在她的额头，如水化冰般化解了她各种伤痛。

她的脸上渐渐有了越来越多的笑容。

可是，万万没想到，不久之后的有一天，她的治疗被换了地方。

这是一个非常恐怖的地方。一片旷野，到处是坑坑洼洼的沙石地、断桥、坍塌的墙壁、枯竭的河流，还有那一个个隆起的土包和墓碑都表明这里是一个荒凉凄惨的坟场。

一个声音在对她说，这是你曾经的精神家园，每一个坟头都埋葬着你怨死的、恨死的、恼死的和烦死的灵魂。

她被吓得两腿发软，打起冷战，心虚地瞄了一眼离得最近的一个矮丘，灰色的墓碑上清清楚楚刻着杨露的名字。她惊恐地摇头、后退，哭泣着逃跑。不料，一个又一个黑影从坟包里蹿出来，包抄着挡住她的去路，撕扯她、侮辱她，把唾沫口水喷到她的脸上，把污泥烂草、牛粪狗屎糊到她身上，直到她精疲力竭地扑倒在地上。

醒来的时候，她发现自己置身于山顶浴泉里。但见莽莽苍苍，群山巍峨，凌空飞出九个字："苟日新，日日新，又日新。"茫茫宇宙，朗朗乾坤。凌万物而超脱。她像一个新生的婴儿，赤身裸体享受着泉水温情的浸泡和洗涤。洗完后，顿觉神清气爽，通体舒畅、轻盈。

出院的时候，她去同主治医生道别，一直以来只闻其声未见其人，她想要当面表示感谢。

"祝贺新生!"杨露朝她伸出手来。

　　多年以后,有人见到了卉风,她正用一只手轻轻撩开女人脸颊上散乱的碎发,捉住了一只停留在那里的蝴蝶,面对病人惊慌失措的目光,她温柔地安抚着:"别怕,孩子,我认识这些蝴蝶,我会帮你一只只清理出去的。"鹤发童颜的卉风如今开了一家心理诊疗所。

中　奖

　　"闲听三五色，静坐品茶香。"每逢节假日，郑林常常和朋友在休闲茶吧一坐半天，煮茶论道，焚香听琴，一杯淡淡的茶，一首沁人心扉的曲子，于喧嚣的都市中，最能带给人清静的感受。

　　可是，今天郑林的手机不停地响，不停地响，母亲扰了他的兴致，也扰了大家的。才五点不到就有朋友主动提出散伙，他心里有些不安，于是上前几步抢着结账。一百八十元的账单，服务员给了四张定额的发票，分别是一百、五十、二十、十元。每张发票都有兑奖联，他要了一枚硬币认真刮起来，刮到最后一张，赫然露出十万元的字样。

天啊，天啊！他简直不相信自己的眼睛，反反复复地数着那几个零。

　　"我中大奖了！"他一激动，声音比平时抬高了八度。

　　柜台上的服务员全体凑上来，旁边的客人也都赶着瞧热闹，他朋友张浩把他手上的发票猛地一把夺过去，他立即又闪电般夺回。

　　"你小子运气啊！"另外几个朋友笑闹着给了他结结实实几拳头。

　　"兑奖！兑奖！"他兴奋地拍着柜台。

　　"对不起，先生，我们这里只兑二十元以内的奖，这样的大奖得去税务局才行。"

　　"明天我请客，不见不散！我先去把奖金领了。"郑林转身要走。

　　"不行，不行，你现在就掏钱请客。"柜台上的服务员起哄说，"见者有份。"他觉得人家说得不无道理，就把身上的口袋翻个底朝天，二百多块现金全部拍在柜台上，不等大家反应，急忙溜了。

　　赶到目的地，郑林满头大汗。办税厅人满为患，好不容易排到窗口，一位梳着马尾辫的姑娘给他开具了税单，并告诉他必须先到银行缴纳两万元个人所得税，然后再来领取这笔奖金。

　　"太麻烦了吧？"

　　"对不起！"马尾辫微微一笑，露出一排整齐的米粒般的牙齿，说，"中行就在我们对面，只有几百米的距离，过一个斑马线就到了，你快步跑过去就行。"

于是，一路飞奔！

二十分钟后，他又出现在马尾辫面前，气喘吁吁。

"银行停止营业了！我可不可以直接把税钱交给你们？"

"对不起，我们这里不直接收税款！"

"什么？那我今天岂非白跑了？"他想到母亲还在等他，便有些着急，声音大起来，"为什么你们不可以直接代替我们扣缴呢？兑个奖这么麻烦，你们这不是存心为难纳税人吗？"

马尾辫没有生气，更没有发火，她站起来，面朝他微笑着。

"本来嘛，先生您中奖，说明您运气特别好，这是一件值得庆贺的事情，我们也为你高兴！现在出了点小麻烦，您就当是好事多磨呗。其实这样的规定，我也觉得挺麻烦，不过，您不妨换种想法，明天早早去银行缴税，早早领奖，争取做这里的开门红！"

说完，她还顺手给郑林抄了一个电话号码——办税服务厅的热线电话。

"若是以后您再中奖的话，可以先问问情况，省得再白跑哦！"

看着姑娘认真的模样，郑林一下子笑了："再中奖？托你吉言！"

简单的几句"玩笑话"，设身处地地"移情"，化解了郑林心中的不快，他忍不住多朝姑娘看了几眼，一身深蓝色的税务工作服衬着一张眉清目秀的脸，他在心里夸赞道："好姑娘！好脾气！"

这时，老妈的电话又来了。

"林子啊，你在哪里？我们已经在今世缘酒店等候了，你要早点过来，不能让对方等我们。"

"知道了！我马上就到。"态度格外好，都是因为眼前这位姑娘。

挂了电话，他朝马尾辫挥挥手，说："我明天保证第一个来领奖！"

赶到酒店。老妈正和一个四十几岁的女人聊得开心，说是姑娘的小姨妈。

"阿姨好！"郑林冲着那女人欠了欠身子。

"坐，坐，坐！"阿姨目光灼灼，把他从头到脚打量个仔细。

郑林浑身不自在，摸摸头，又挠挠耳朵，说："我先出去一下，马上再来。"

老妈狠狠挖他一眼，拍拍身边的凳子说："别站不住坐不住的，等一下姑娘就要到了，你还是别再到处跑了。"

"我去去就来！"他朝她们敬个礼，又扮个鬼脸，一转身同一个姑娘撞个满怀。

"怎会是你？"

姑娘朝他微微一笑，露出一口洁白的米粒牙。

都说喜事成双，一点不假，郑林中了大奖又找到了好女孩。

隔了些日子，他打电话约朋友们吃饭，结果约了一圈，只有一个答应来，他这才感觉到，情况有些不对。

"怎么回事？"

电话里，那朋友讷讷地说："张浩说你这人不够意思。"

"为啥？"

"他说那天是他约了大家喝茶聊天的，地方是他选的，客也是他请的，被你抢了结账。"

郑林愣了半天，恍然大悟般一拍脑袋。

事情又过去几个月。郑林结婚了。朋友们都来贺喜，张浩也来了。两朋友一见面就来了个拥抱，互相拍拍后背。

张浩悄悄套着郑林的耳朵说："昨天我们几个都收到了市团委送来的旌旗，谢谢你以大家的名义为希望工程捐款，资助贫困学子圆梦大学。"

洞房花烛夜，郑浩搂着新娘说："谢谢老婆做了一个最正确的决定！你是我这辈子中到的最大的奖，谁也夺不走！"

"美得你。"随即幸福的笑声传来。

云 儿

　　娘在野外劳作，忽然肚子疼，一个阵子接着一个阵子，上了紧箍咒似的，她仰面跌倒在春天茂盛的薰衣草丛里，天空覆盖了娘的痛苦，白云翻江倒海般涌入娘的眼帘，"云儿——"她只轻轻哼了一声，一个女婴就迫不及待地降临到世上。

　　娘特别为这次不同寻常的生产经历感到自豪，对云儿偏爱有加。

　　可惜云儿的命不好，克死了爹娘。

　　村里人传言她是狐狸精附体。

　　闲言碎语，云儿只当它是耳旁风。上山割草，下河摸鱼，走路唱歌，脚下生风。哥嫂看在眼里，喜在心上，逢着清明鬼节烧纸总给地下的爹娘做保证，要给云儿寻个好人家。

谁承想，十五岁的云儿忽然疯癫了，成天灰着一张脸，在村子里跑来跑去。一会儿在村东头的大柳树下，一会儿又跑到村西头的小河边。有时候还一边跑一边自说自话，没过多久肚子大了。哥嫂吓坏了，再三盘问，她指认了一村子的男人，招来骂声一片。

云儿被哥哥打了一顿，失踪了。

十多年后，云儿又独自回到村子里。时间把一切修改得面目全非，人们差一点就认不出她来。

哥嫂帮她修饰了离世父母的三间房子，扩充了院子，她在空地上种了好多花草，几次东南风吹过，那房子就活了。

她在门前挂了一个牌子叫"云儿工作室"。

"云儿工作室"究竟是做什么的呢？

四乡八邻对她充满好奇。这么多年，她究竟藏在哪里？什么让一个傻姑娘脱胎换骨变成了漂亮的云儿？

她读过书吗？她嫁过人吗？

云儿像个谜一样。

有一回，哥哥去挑河工了，嫂子吐露出一些不满："院子里那么大片地方，我让她种点瓜菜，她偏偏要种花。你说，种那么多花，也不当吃，也不当喝，哪里有种菜实惠？"

"你让她哥说说她。"

"他哪肯说她？妹子是他的宝贝儿疙瘩呢，当年她哥伸手打她，后悔死了，如今她让她哥打一口井，她哥绝对不会给她挖一口塘。"嫂子说着笑了,"要说呀,云儿种的花也挺好看的,一走进去,满院子的香。"

云儿的工作室主要是给人看病。稀奇的是,看病也不给人吃药,主要是谈心。老人、孩子,小媳妇、小姑娘,大妈、大婶,不管得了什么病,都喜欢找她。有些病她能看,有些病她不能看,能看的她留下来,不能看的她立刻催促你去医院。

"我看的是心病。"云儿说。

抑郁的留守女人,厌学的留守儿童,失眠、狂躁、焦虑的人,只要到了她这里,和她谈过话,心里的结解了,乌云就散了,邪气就淡了,出了门眉头就舒展了,那病也真就慢慢好了。

"神了。"四乡八邻,口口相传,云儿这里一天比一天热闹起来。

云儿收费不高,有时候不收费也照给人看病。

有个十一二岁的小女孩,自小没有父母,靠着八十岁的瞎奶奶过日子。不知道怎么也得了疯癫病,也是整天在村子里跑来跑去。

她们没有钱,老奶奶领着孩子来到云儿的门口,给云儿磕头。

云儿搂过小女孩,眼泪哗哗地流。她把小女孩留下来亲自照管,给她洗澡、洗头,把她蓬乱的黄头发梳顺,扎辫子。扎一根辫子,拆了。扎两根辫子,又拆了。扎了拆,拆了扎,一直扎出五六根辫子才满意。

焕然一新的小女孩被推到镜子跟前,云儿让她看到了一个新崭崭的自己，一个被彩带、流苏和鲜花包裹的自己。

说起来奇怪，也没见她用什么药，小女孩的病日日见好，脸上慢慢有了笑容，渐渐显出天真活泼的神气。

"你就是一个小仙子。"她对女孩儿说，"小仙子的身体是不可以给别人碰的哦。"

云儿打扮小女孩，也打扮自己，耳根后总别一个精致的小发夹，花色随着衣服的颜色或深或浅。床头柜、茶几上，常有带露的花草插在白色瓷瓶里。

有人问云儿的哥嫂："云儿那么美，怎么不找对象呢？"

云儿哥嫂说："怎么劝都不行，她就是不找。"

于是又有人反过来劝哥嫂说："现在大龄剩女多了，不找是她个人的自由，谁也干涉不了。顺其自然吧，说不定哪天缘分来了，挡也挡不住。"

这话还真被人说中了。

有一天，一辆黑色奥迪轻巧地停在云儿工作室的门前，从里面走出一位高大帅气的男青年，手捧一束红玫瑰向云儿单腿下跪："云儿，今天，要么你和我一起走，要么请让我留下！"

云儿先是捂住嘴，继而捂住眼睛，泪水从她那白皙纤细的手指间溢了出来。

照见

宵禁之夜

这是犹太人的一场浩劫。

二战期间。

德国。一个犹太小孩子，懵懂的记忆里满是久经战火、破烂不堪、濒临倒塌的楼房，颠沛流离、饥寒交迫以及随被清剿隔离甚至杀害的危险，他每一分钟都在战战兢兢中度过。

那天，妈妈用油纸包了一点炒豆和煎饼，让他送给两位小表哥，这两个孩子的爸爸妈妈两天前被捕，生死未卜。

"一定要记得早点回家，记住妈妈的话了吗？"三十出头的女人，脸上刻着沧桑，眼睛里掩饰不住忧愁和惊惧。

"记住了。"孩子乖巧地点点头，然后，却趁着妈妈转身，又偷偷溜进爸爸的房间，捣鼓了一阵才出来。

太阳落在树杈上，离地老高呢。他和两个小表哥只不过多玩了一小会儿，太阳就找不到了。孩子吓坏了。他这才记起了妈妈的叮嘱："你把煎饼一送到姑姑家就赶紧回头，天一黑就宵禁，我们犹太人不能外出，要是谁晚上还在大街上行走，一旦被发现，那就没命了。"妈妈边说边严肃地做了一个杀头的动作。

宵禁是绝对严格的军事行为，谁也不敢违抗。这点他是懂得的，这是战争带给孩子的早熟。他的家离这里约莫五六里路，从一个巷子里穿出去再转过两条街。最快，他也得在路上耗费半个小时，要是在白天，这点路根本不算什么。

可是，现在是夜晚。他很害怕。他不想被杀掉。他想家，想妈妈。

巷子弯弯曲曲，坑坑洼洼。孩子跌跌撞撞摸索着前行，黑咕隆咚的巷子好像是老鼠精的无底洞。他心里默念：上帝保佑！他渴望太阳能像玻璃球一样奇迹般地弹出来，但随着几颗星星的闪烁，他明白那简直是痴心妄想，老天爷把光线收拢得那样严密，没留一丝的缝隙，黑夜千真万确地把一切都笼罩了。

孩子绝望地奔跑起来，被什么东西绊着脚，摔倒了。早上出门时偷偷换上了爸爸的大鞋子，白天在两位小表哥面前，它们像两只大熊掌那样酷毙，现在却显得又笨又重，趿拉着，每一步都显出它的累赘，多出的一大截后跟，不识时务地狠命敲击着石子路，发出"咔嗒咔嗒"的脆响，让人心惊肉跳。

走出巷子时，汗水已经湿透衣裳，后背凉飕飕的。

第一个街角有一个岗亭子，白天他在里面看见拿着枪的兵，现在是黑沉沉的一个影子。岗亭不远处，一溜排的古建筑，被炸弹掀得七零八落的房顶，断壁残垣，高高低低更像鬼魂的影子。孩子忽而睁大眼睛，忽而闭起眼睛，竭力镇压着自己，不让那些可怕的记忆从脑海里冒出来，偏偏，那些记忆连续地走到他面前。一个叔叔倒下了，老爷爷倒下了，阿姨倒下了……折断的腿骨，飞落的手掌，涔滴着的血，一股股腥气，一团团肠子蠕动着，热腾腾地、一股脑儿地从鲜血淋漓处涌出来，好像交缠在一起的赤练蛇。

孩子低声痛哭起来，纷飞的泪水使两只袖子湿漉漉的。他蹒跚地走上大街，感觉就好像走在通往死亡的路上，每一次埋头奔跑，结果是浪费更多的时间去寻找鞋子。他只得一步一步机械地抬腿抬脚，迎着可怕的未知走过去。黑灯瞎火的沿街店铺，门窗都闭合得死死的，无声无息得好像神龛。远处是空旷的田野，枯败的黄豆秧肯定还是乱蓬蓬地摊在那里。面前是浓重阴湿的雾，天空乌沉沉的云头压过来，起风了。

一辆车子隆隆地驶来，孩子小小的身影在车灯橙黄的光圈里飘浮了一下。在瞬间支离破碎的光影里，孩子忽然意识到，他的小褂子上犹太人的标记是那样醒目，他急忙脱下反过来顶在头上。

可这时，他惊恐地发现，疾驶而过的车子开始倒退，倒退……

　　大树摇晃，风号叫起来，夹杂着雨点，向孩子扑面砸来，他把自己缩成小小的一片叶子，在街道上飞旋，鞋子掉了，雨水在脚下溅起老高，伴随"咔嚓咔嚓"树枝折断的声音，孩子张皇失措地哭喊起"妈妈"。

　　车子停住。

　　小小的人儿也停住了。

　　一个高个子的德国兵走了出来："小孩，你到哪里去？"

　　车灯照射着他亮晶晶的泪珠和鼻涕。

　　大兵把他抱上车，亲切地和他说话，问清住址。孩子的眼睛恢复了天真："叔叔，你不杀我了吗？"

　　大兵微笑着，向他摊开大大的手掌，里面躺着一粒糖，大兵把糖塞进他的口袋，深深嘘了一口气，摸了摸他的头，说："你和我儿子一般大！"

　　大兵踩响油门，车子像离弦的箭一样射进黑夜。

　　到了孩子家附近，停住车。大兵打开车门，双脚刚刚落地，黑暗中忽然蹿出一个黑影，从后面勒住脖子，一刀断喉。

　　"爸爸！"车里的孩子惊叫道。

　　"你怎么在车上？"犹太男子十分意外。

　　"大兵叔叔送我回家。"孩子哽咽道。

爱 人

爸爸新婚，我被送到爷爷奶奶家，这是他们事先和我反复沟通妥协的结果。

结果，我很后悔。我想爸爸。

席子底下藏着甲壳虫，每天晚上，一闭眼睛它们就溜出来袭击我。

"虫子，虫子。"我尖声怪叫，胳膊、大腿抓出了一道道血痕。

"怎么可能有虫呢？"奶奶皱着眉头一次次掀开给我看，铺盖里外都洗得干干净净，晒得清清爽爽。

"这孩子硬是被惯坏了。"爷爷对我的不满溢于言表。

我丢给他们一个白眼，眼泪"吧嗒吧嗒"，把星星都淹没了。

第二天，我眼睛红肿，鼻孔堵塞，浑身不舒服。自然不能上学了。

爸爸一大早就来到我的床前，不放心地用手摸摸我的额头，量我的体温。爸爸朝奶奶问："要不带她去医院？"

奶奶摇着头把爸爸拉出房间，关门，小声说："我看没啥病，就是你结婚她不开心，这孩子太自私了。"

"等她长大了会明白的。"爸爸说。奶奶叹口气："你和音子打算什么时候要小孩？"

"这不刚结婚吗？"爸爸安慰道，"不急。"

"你和音子都老大不小了，我能不急吗？"

"不急，不急。"爸爸边回答边朝我房间走来。我飞快地爬上床，盖好被子，躺下，闭起眼睛。

"要跟爸爸回家吗？"一听这话，我猛然起身，吊住爸爸的脖子。

家，被重新打扮了，变得干净而整洁。尤其是爸爸的房间，红彤彤的缎子被、床头上方笑靥如花的一对新人。

"妈妈出去买菜了，她说要亲手给你烧几个拿手菜。"爸爸讨好地说。

"我妈妈已经死了，她不是我妈妈。"我转身走进自己的房间。

爸爸沉默了一下，追过来说："那你以后就叫阿姨吧。"

我们家两室一厅的房子，一百平方米不到。本来我和爸爸住得很宽敞，现在硬塞进来一个女人，我浑身不自在。新娘子爱打扮，常常占着卫生间好长时间，空气里处处飘荡着玫瑰花香水的味道，令人不爽。我讨厌她弄出的任何味道，包括她烧的菜，是比爸爸烧的好吃，那又怎么样呢？对我来说，她始终是个外人。

　　我很想在家里挂一张妈妈的照片，可是到处都没翻到一张，我问奶奶，奶奶支支吾吾。我问爸爸，他含糊其词地说："搬过一次家，把相册弄丢了。"

　　现在，这个女人将完全取代我妈妈，而且看起来大家都很喜欢她。爸爸成天乐呵呵的，走路一蹦三跳，好像年轻了许多。可气的是晚上睡觉还反锁了门，两个人躲在里面叽叽咕咕，说说笑笑。

　　难道眼睁睁看着她把我爸爸夺走吗？

　　深更半夜，我大声喊叫，满床打滚。爸爸吓坏了，顾不得自己穿着单薄，用毯子裹起我，抱着就往医院跑，四里的路程他只用了十几分钟！挂了急诊，面对白大褂们的那些听筒针管，我吓得赶紧恢复原形，医生按哪儿哪儿也不痛。医生责备爸爸大惊小怪，爸爸呵呵一笑，抱起我往回走。那时我已十岁，体重也不轻，既然没什么病当然应该自己跑，我却赖在他怀里不动，爸爸以为我睡着了，就这么抱着我往回赶着夜路。

　　阿姨第一时间替我们打开门，爸爸柔声责备道："让你早点睡，你非不听，小心肚子里的宝宝。"她微微一笑，说："放心好了。"转而关切地问我："好些了吗?"我回给她一个白眼。"想吃点什么吗?"我摇摇头。我想哭:难怪奶奶最近频繁地往我们家跑,大包小包地把冰箱塞得满满的,原来都是为了她呀。

后来发生的事情,我有些不想讲下去了,毕竟都是我的错。我偷偷在地板砖上抹了油,致使阿姨摔了一跤,孩子没了。她怀疑是我干的,可是又没有证据,我们吵得很凶,我骂她是狐狸精,勾引我爸爸。她居然动手打了我。我脸上的五指山使爸爸非常震怒,他生气地说:"贝贝毕竟还是个孩子嘛,她千错万错你都不该动手打人。"音子没再和爸爸讲理,她卷了自己的衣物一走了之。奶奶拦也没拦得住,气得用手锤打爸爸,打着哭着:"我个傻儿子呀,你可怎么办?"

音子离开之后,爸爸变得少言寡语,我心里有些小小的得意,总算没人和我抢爸爸了。

然而,几年之后,爸爸在一次追击逃犯中负了重伤,昏迷了几天几夜也不醒来,我哭啊哭啊,哭得嗓子哑了。爷爷奶奶二十四小时坐在病床跟前,给爸爸揉脚、揉腿,恳求着爸爸:"乖乖,你不能丢下我们不管哪。"

爸爸这次很不乖,我们谁都没能叫醒他。我忽然想起音子那个妖精,听说,只有爱人才能唤醒病人,她会是爸爸的爱人吗?可是音子早已去了另一个城市,爸爸即将枯萎的生命与她又有什么关系呢?

爸爸最终变成了一张黑白照片,被各种鲜花包围着,许多陌生的叔叔阿姨都来送别,爷爷奶奶白发人送黑发人,几次昏厥。公安局长宣读悼词的时候，全场一片唏嘘，我更是痛心疾首，悔恨万分。

"郑军，他选择了刑警这个光荣的职业，就选择了奉献，选择了牺牲。尤其难能可贵的是，他为了一个孤女，牺牲了自己的人生幸福……"

原来，我根本不是爸爸亲生的孩子，我是他亲手抓捕的毒犯的女儿。

美人鱼的梦

　　天热得燥人。一对夫妻在村子里到处寻找着他们的女儿韩月，挨家挨户地问遍了，都说不知道。

　　偏偏知了不停歇地喊："知了，知了。"

　　做父亲的火气冲天，拿起一个笤帚砸到树干上去，知了识趣地噤了声。因为是星期六，孩子不上学，夫妻俩起了个大早，去水稻田里捞草，约莫十点多钟，太阳热辣辣的了，他们才回家烧早饭，没想到饭碗刚端到桌子上，才发现女儿并不在家里。

　　孩子平时很听话，都是自己在家做好作业，然后力所能及地帮着父母做点家务。

　　今天这是怎么啦？

书包搁在桌子上，一本《安徒生童话集》摊在那里。

正着急，韩月回家了。手里提着个袋子，浑身湿漉漉的，裤角卷到小腿肚子上，赤着一双脚，往那儿一站，地下很快汪出一小摊水。

"你跑哪儿去了？"妈妈大声责备。

爸爸冲过来高高举起了巴掌，那巴掌粗粗大大，犹如梧桐叶子，临空抖动，呼呼风响。

父母的怒气卷走了女儿原本灿烂的笑容。她可怜巴巴地瞧着父亲的脸，眼泪"哗哗"流了下来。

最终，巴掌并没有落下。可女儿还是赌气地躲进了自己的小房间。

"你快去哄哄她。"父亲说。

"我不哄。你就惯吧。"母亲一扭头。

父亲抽完一支烟，走到女儿房间，拍着她一起一伏的后背，声音变得非常柔软："乖，最近水大，三河闸又放水泄洪，爸爸妈妈是担心你的安全啊。"

因为爱而造成的小小不愉快，就像夏天的雷暴雨，来得急，去得也快。雨后天晴，一家人围住小圆桌子吃饭，你夹一块菜给我，我夹一块肉给他，气氛更加温馨和美。

小猫在脚跟前绕来绕去，趁着主人的好心情，蹭饭吃。

突然，妈妈没吃几口饭，就跑一边去呕吐起来。

"妈妈病了，快带妈妈去医院。"韩月担心地说。

"不用。"爸爸说，"你妈妈是……"

"我妈妈怎么啦？"

"你妈妈她……"爸爸欲言又止。

最终，从邻居的嘴里，韩月知道了真相。

"你妈妈总喜欢吃酸的，这次肯定要给你生个弟弟了。"

她偷偷地哭了，既为爸妈高兴，也为自己难过。

命运对她不公平。她总是摔倒，一次又一次。"七八岁的孩子了，这是怎么了？"小伙伴们嘲笑她、冷落她，都不愿意和她一起玩了。

爸爸妈妈带着她进县城，去南京、上海，到处求医问药，只要听说哪儿能治好女儿的病，他们花再多的钱也在所不惜。几年下来，东挪西借，花销无数，可病情仍然不见好转，她的腿开始变成畸形，个头也没有长高。

医院诊断说她得了罕见的软骨病，这个病不仅难以治愈，而且随着年龄的增长和体重的增加，病情会越来越重，身子压垮双腿，可能要与轮椅相伴终身。

尽管爸爸妈妈一再承诺说："不管妈妈将来生个弟弟还是妹妹，我们都和从前一样爱你。再生个孩子只是为了给你将来多个陪伴而已。"

她尽力去理解他们，她也知道他们有多爱她。父亲是乡镇的一名电工，除了工作，他时常利用双休日挣钱，为女儿筹措医疗费，他用自己的双手撑起这个家，想为女儿撑起一片蔚蓝的天。母亲也放弃自己热爱的工作，回到家中，用自己的母爱照料她、呵护她，日复一日，年复一年。

可是，她还是在日记上情不自禁地写下了这样的文字：妈妈怀孕了，我能感受到他们都在极力安抚我。谁叫我是个残疾人呢？他们更需要一个健康的孩子啊。

她知道这样的文字对于父母有些不公平。于是她把日记本藏起来，藏在她认为最秘密的地方。

同时藏起来的，还有一个关于小美人鱼的梦。

"把这服药吃掉，于是你的尾巴就可以分作两半，收缩成为人类所谓的漂亮双腿了。可是这是很痛的——这就好像有一把尖刀砍进你的身体……你的每一个步子将会使你觉得好像是在尖刀上行走，好像你的血在向外流。"

韩月每次读到这里的时候，就有一股神奇的热流直达脚尖，她的双腿刹那间就变成了美丽的鱼尾巴。这时候，她就会无忧无虑地在大海里游泳，那无时无刻不在的疼痛感也就随之消失。所以啊，美人鱼韩月怎么可以不会游泳呢？

夏天，她偷偷学游泳，顺带摸些鱼啊虾的，给家里添个美味，也给妈妈补养身体。听说，孕妇常吃鱼，生下的孩子会很聪明。她是多么希望爸爸妈妈能生一个健康的宝宝啊！她这么想的时候，心里也酸酸的。

他们当然不知道自己的这个心思，以为她只是喜欢玩水。

家里的沟塘边上都插满了木桩和树枝，生怕她不小心掉到水里时，随手就有个救应。其实，他们不知道，她现在游泳的技艺有多高超。就在那天，知了拼命鸣叫，爸妈到处寻找她的那天中午她救起过一个落水的孩子。这事，她没和任何人说。

有时候她的腿疼得受不了，她就宁愿自己掉到水里去，也许那样她就真的能变成一条美人鱼了。

但是这种念头只是偶尔一闪而过。疼痛根本无法阻挡她向着梦想的方向奔跑。

清幽淡雅的小溪，奋斗不息，浩瀚碧海是它的梦想；清新浓艳的花朵，芳香四溢，满园春色是它的梦想；飘逸凌空的云朵，淡妆浓抹，点缀晴空是它的梦想。

韩月的梦想呢？这是个秘密，她只悄悄藏在日记里。

她给自己制定出了一个又一个的小目标，她觉得她每完成一个目标就向梦想靠近了一步。

她不仅腿部严重畸形，而且双手也很小，连握笔的姿势都异于同学，写出的字虽不算美观，但她一笔一笔用心写，用力写，手皮常常磨出了血泡，有时甚至渗出鲜血。

你，可怜的小人鱼，像我们一样，曾经全心全意地为那个目标而奋斗。你忍受过痛苦，你坚持下去了。

美人鱼因为爱一个人，而甘愿舍弃生命。她觉得自己也和她一样，因为爱着爸爸妈妈才来到这个世界上，所以，她要坚持下去，即使，有一天她的腿再也不能走路了。

美人鱼说："我知我将会喜欢上面的世界，喜欢住在那个世界里的人们。"

韩月也爱她的老师和同学们。他们总是帮她这个那个的，让她的心里总是充斥着满满的感动。

可是，更多的时候她只想自己做。

她过马路，总有老师同学上前想要搀扶她，她能感受到那份从指尖传来的温度。但她心中也会有些抵触，身体也会僵直。

　　"我能行的。"她对老师说，"我走路很困难，走多了也会累。但我想试一试，与同学们一样穿过马路。也许这一路的脚印不是美观的，也许我还会摔倒，但这是属于我的。"于是，大家从此只是默默跟着她，目送她拖着全校唯一的拉杆书包，一步一步走到马路的另一边。

　　"我能行。"她总是默默地鼓励自己。

蔷薇公主

正红咬着笔望着黑沉沉的屋顶。她总是觉得黑乎乎的屋顶好像有什么东西在看着她——是什么呢，她不知道，但是她喜欢看屋顶，黑乎乎的屋顶总是被她当作夜色里温暖的梦。

桌子上，她摊开纸，上面有一行秀气的字：我的爸爸是牛郎。

想起了爸爸，正红笑了一下，笔头唰唰地在纸上飞舞：我的爸爸从小就给人家放牛，虽然我从没见过，但我肯定他有一根竹笛，他肯定会吹好听的音乐，那些牛肯定天天在他的笛声中安静地吃草。

爸爸是牛郎，妈妈当然就是织女，而我就是他们生的公主，蔷薇公主！我出生的时候，蔷薇花开得正红！

正红抬头看了看屋顶，现在，她觉得黑乎乎的屋顶里藏着的原来是爸爸的面容。爸爸虽然离开了她，却并没有走远。

正红的眼睛弯成了美丽的月牙。笔下唰唰地写起来，屋顶爸爸的模样也越来越清晰。

她开始给在天国里的爸爸写信。

她想说的事儿太多，老师啊，同学啊……她当上了班长、拿到了"三好学生"的奖状，说她看的那些课外书，童话故事、伊索寓言。她当上了全国优秀少先队员，说她的作文上了《少年文艺》。她在作文里写道："我爸爸妈妈去世后，家里没有一分钱，弄得家徒四壁，但是我还是觉得很幸福，因为我得到了很多人的关爱。"

的确，不幸的小正红也是幸运的。当年父母去世的时候她才六岁，左邻右舍送米的送米、送衣的送衣，邻居大叔大妈心疼这苦命的孩子将她领回了家，给了她亲人般的关爱与家的温暖。团县委段玥大姐姐视她如亲妹妹，宣传部部长做了她的"爱心妈妈"。学校还免除了她的一切上学费用，让她免费住进了校园，使她那颗受伤的心灵重新感受到了爱的抚慰和温暖。

时间如梭，又是一个蔷薇花开的季节，在长长的堤坝上，树木葳蕤，大片的蔷薇花开在林间道旁、河沟两岸，沿着斜坡，紧贴着水面，一朵一朵的红、粉的花儿尽情盛放。不用浇灌，更无须施肥，野生的蔷薇在初春的阳光里更显生机勃勃。

小正红在众人的关爱下快乐健康地成长。

可是今天，小正红为什么眉头轻蹙、眼含泪光？

原来，昨天又有记者到村子里来采访了。他们不断地问这问那。村里的人更有意思，叫小正红装可怜。她满脸通红，不肯配合，对着镜头露出了冷漠的表情，大家都很失望，说这个孩子变了。

她很纠结。

她只能在日记中跟爸爸倾诉：我已经受够了别人怜悯的目光，受够了别人给我送衣送物，还要我露出感激涕零的样子。我知道自己这么想是不对的，可是我真的讨厌这样……

屋顶上的爸爸露出了吃惊的神情：孩子，你怎么会产生这样的心理？难道是这几年人们给你的关爱太多了？

我是公主，公主怎么可以接受别人的施舍呢？

孩子，你为什么要用"施舍"这个词呢？那是善良的人们传递给你的爱和温暖啊！对于任何一个帮助过你的人，如果你连最起码的礼貌回应都不会，这难道是一个公主该有的风度吗？你为什么不尝试着把那些爱再转赠给他人呢？

小正红恍然大悟般地点点头，眼睛又弯成了美丽的月牙。

谢谢爸爸，我知道自己该怎么做了。

一时的迷惘只是明亮的天空里偶然飘过的乌云，阳光从各个角落照耀着她正在茁壮成长的心灵，她唱歌、跳舞，帮助同学补课，帮助路远的同学值日，组织晨读，组织捐款给那些暂时陷入困境中的人们。每个周末，她还会按时来到敬老院，给那些孤寡老人们梳头、叠被、整理房间、读报、讲故事、唱歌、陪老人们聊天。老人们高兴地称她为"敬老院的小天使"。

一年冬天，敬老院有一位夏奶奶病得很重，昏迷不醒。握着夏奶奶枯树桩一样的手，小正红的心一阵阵紧缩，奶奶没有亲人，太可怜了。她想起家门口的老柳树，被人锯了，剩下个木桩子，中间又被虫子蛀空了，剩下个空架子，可是，下了一场雨，居然还能抽出嫩芽来。

她相信只要自己不停地给这棵老柳树浇水、施肥，等到春天的时候，夏奶奶也一定会好起来的。她向老师请假，晚上住到敬老院里和夏奶奶睡在一起……给她端汤喂药，洗头洗澡，充当起贴身的小护士。说起来容易做起来难，单是靠着奶奶睡觉就需要很大的勇气，奶奶老胳膊、老腿的，身上没有一点温度，碰上去就像碰到个骷髅架子，令人不寒而栗。奶奶浑身松垮垮、皮肤皱巴巴的，就像被风化了的塑料薄膜，衣服一脱，白色的皮屑就纷纷扬扬。

奶奶吐了、泻了，她也反胃、作呕，但是她绝对不皱眉头，还一边擦洗一边唱歌。

夏奶奶醒过来后，觉得过意不去，老说自己是个拖累，小正红把头摇得像个拨浪鼓："奶奶，请别再说这样的话，照顾您我真觉得开心呢！"

夏奶奶坐起来了，夏奶奶起床了，夏奶奶自个儿拄着拐杖，在敬老院的阳光里徜徉！她已经完全康复了。

小正红离开敬老院的时候，夏奶奶昏花的眼睛里，淌出了泪水，她张开瘪瘪的嘴，想留住她。

不行啊，小正红还有许多事情要做，她已经把自己变成了陀螺，不停地旋转，旋转到哪里，哪里就有欢笑，就有无尽的爱！

大声唱歌

路也就两公里的样子，却因为要路过坟场、穿越一片农田，又是在晚上，就显得格外神秘。

天空乌沉沉的，没有一颗星星，是要下雨了吗？

风把田埂两旁密密麻麻的玉米秆叶子吹得哗啦啦响，伴着不知名的虫子的鸣叫，走着走着，心就会咯噔一下。

手电筒的光圈里，一条蛇横亘在路中间，昂头吐着鲜红的芯子。张颖差点踩到，好在是条水蛇，无毒的那一种，正手忙脚乱地想要抓它，却听"哧溜"一下逃到黑暗里去了。

"好吧，放你一马，看你下次还敢不敢再挡本姑娘的道！"

张颖想象自己是战无不胜的勇士，天不怕，地不怕。

到了坟场地界，她腾出一只手来，不停地抹额头。听老人说过，火性高的人走晚路，抹额头会有火星子掉下来，他自己看不到，鬼能看到。

鬼看到那些火星子就会被吓跑。

张颖就相信自己的额头在黑夜里会"噼噼啪啪"落下一地灿烂的火星子。

爷爷吃晚饭的时候是张颖最惬意的时候，她喜欢爬到码好的砖头堆上，枕着自己的双臂神游太空。

爷爷呢？边吃饭边和孙女聊天，翻来覆去的老那么几句话：

"以后还是不能赤脚走路，晚上看不见，戳破了脚就糟了。"

"等年底你妈妈回来，兴许还能给你做双新鞋。"

任务完成了，回去的路就会变得十分轻松。张颖专抄小道，飞快地奔跑。

到了家，如释重负。

奶奶问她："路过坟场的时候怕吗？"

"不怕，村子里的杨大爷就埋在那里，他会保护我的。"

她一直担任班长。

班长家里的墙上挂满了"五好少年"的奖状，有学生不服，说她经常迟到缺席，只能是"四好"。

爸爸妈妈在很远的地方打工，农忙也回不来，奶奶经常生病，家里十几亩地，都靠她和爷爷打理。

有一年夏天，天才麻麻亮，张颖就随着爷爷奶奶下田撸草。到了九点钟，白花花的太阳烤得人发晕，大家纷纷回家避暑。

吃了早饭，爷爷奶奶都休息了，她一个人悄悄戴了草帽，一头转进庄稼地里。

爷爷醒来到处找张颖，发现她昏倒在田里，吓坏了，赶紧背起她往卫生院跑，经过全力抢救，张颖醒了。

看到爷爷满脸的眼泪，张颖捂着嘴笑嘻嘻地说："啊，我刚才做了个美梦，真美！"

天哪，这样的女孩还是个女孩吗？

张颖可不喜欢这样的质疑，她只是一个与众不同的女孩罢了！

看似坚强的张颖也会哭，在外打工的妈妈眼睛瞎了，明明女儿就站在面前，她还两手乱摸："颖，你在哪儿？"

她顿时泪如雨下。

有一天，张颖一回家就发现妈妈躺在地下，她的周围全是血。

原来妈妈拿药瓶时一不小心被爸爸的装修工具绊倒了，右手一下子摁在了刀刃上，因为家里没有别人，又流了太多的血，妈妈已经昏迷多时。

好不容易，医生把妈妈的命抢救了回来。

这件事情给了张颖一个深刻的教训，从此以后，所有尖锐的物件全部被她收到妈妈接触不到的地方。

可是，妈妈越来越悲观，她觉得自己是个负担，一次次自杀被救起，她扑到妈妈怀里，大声哭泣。

"妈妈，一定是女儿做得不够好，求您别丢下我。"

"孩子，妈妈的眼睛瞎了，可心不瞎啊。你爸爸要打工养家，你爷爷奶奶一天老似一天了，妈妈就成了你的负担了。"

"妈妈你怎么会是负担呢？以前你在外面打工，我一年到头都见不到妈妈的影子，现在您能够天天守在女儿的身边，我是多么幸福啊！"

"妈妈满眼漆黑，以后的生活全部要你料理，你一个才十岁出头的孩子，可怎么得了？"

"妈妈，女儿就是您的眼睛。对了，妈妈我刚刚学会一首歌唱给您听。"

于是她揩干眼泪，一面帮妈妈梳头一面轻轻地哼起来：

> 我是你的眼，带你领略四季的变换，
> 我是你的眼，带你穿越拥挤的人潮，
> 我是你的眼，带你阅读浩瀚的书海，
> ……

"真有这么一首歌吗？"

"真有啊！"张颖跟同学借了个收录机，把这首歌播放给妈妈听。

听了几天，妈妈总算听明白了："被你改了词了吧？"

张颖窃窃地笑。

有了张颖这双眼睛，妈妈生活得很滋润，并且学会了料理一些力所能及的事情。

不久，张颖上初中了，他们来到了县城，在学校附近租了一间平房。

张颖显得比以前更忙碌了些，每天早早起床，边烧早饭边帮妈妈打好洗脸水，挤好牙膏，然后搀扶着妈妈上厕所。

搬个竹凳子放在门口，妈妈摸索着拿过针线盒，她现在有充分的时间给女儿做鞋子了。

妈妈纳鞋底，张颖就坐下来读书：

这座老桥真的老了，它弓着腰，不停地咳嗽。一咳，脸上就皱成一块橘子皮；一咳，下巴上就长出白胡子；一咳，腰就一耸一耸的了。

"唉。"这座桥伸出手捶捶背，年轻时白天黑夜总是打着瞌睡，到老了，竟成宿成宿地睡不着了。

凉凉的晚风吹来，老桥忽然觉得冷。

妈妈停下针线出神地支棱着耳朵，听着这样的故事，她一点也不觉得冷。

有这样勇敢的女儿依靠，妈妈的世界变得很亮堂。

每天，她似乎总会有好消息会告诉妈妈。

"今天老师表扬我了。"

"今天我考试得了满分。"

"这是我刚得的奖状。"她拿着妈妈的手指放在奖状上，一个字一个字地读给她听。

张颖同学获得县"三好学生。"

张颖同学获得县优秀学生干部。

张颖同学获得江苏省英语口语风采大赛初中组第一名。

……

中央电视台《寻找最美孝心少年》栏目采访她时，有人问她："这样的日子不觉得太苦吗？"

"没有啊。"她回答，笑靥如花。

按照这个女孩子的逻辑，世界上真的没有什么苦难，任何的境遇，都不会让她自怨自艾，她将所有的过往蕴敛成心底沉静的美好，于是绽放了生命中的另一种美丽。

即使深藏于苦难之中，幸福也是如影随形。

就如我们只看到乌云漫天，遮蔽了心境，却忘记了乌云上面，太阳依然照耀，从不曾离弃。

他和死神拔河

　　一只黑色的巨鸟，它盘踞在王训洲家的房顶上，不时扇动翅膀，踩得瓦砾飞溅，横梁"嘎吱"作响。

　　妈妈说："我们家的中梁快塌啦。"

　　王训洲知道，中梁塌了，家就没了。

　　爸爸得了很重的病。起初，他的信息是从大人们躲闪的眼神里、无意间吐露的一言半语里获知的。

　　每次，他都想一探究竟。无奈，总被大人及时阻止："小孩子，管好学习就行了，家里的事情你别操心。"

　　直到有一天，他听到妈妈对奶奶说："他叔叔的骨髓检测，配型只有五个点，兄弟之间五个点也可以试试。"

奶奶说:"关键是他有抑郁症啊,我也担心……"

妈妈一听,无助地哭了:"那我们训洲的爸爸没救了吗?"

"我来救爸爸!"王训洲再也忍不住地冲了出来。

儿子突然冒出来,把妈妈吓了一跳,她赶紧想抹去脸上的泪水,无奈越抹越多,眼泪像决堤的水。

王训洲赶紧给妈妈拿来面巾纸,他一边帮妈妈擦,一边说:"妈妈,你们就别瞒我了,我早知道,爸爸得了急性淋巴细胞白血病,需要骨髓移植才有救,叔叔的不行,可以试试用我的呀。"

他一下子说完了早就憋在心里的话,深深吸了一口长气,觉得心里顿时敞亮多了。

妈妈睁着蒙眬的泪眼,欣慰地点点头,她把儿子紧紧搂在怀里,感到自己又有依靠了。

那一年,王训洲十一岁。

按照有关规定,满十八岁才可以拥有捐赠的资格,孩子年纪这么小,会不会给身体造成伤害?以后会不会留下什么后遗症呢?这些问题也是妈妈最担心的问题,母子俩瞒着爸爸悄悄去了医院。

医生一看孩子这么小,直接拒绝了。

这给王训洲当头一棒。

"不行,我一定要救爸爸。"他抓着医生的手,哭着说,"求求您,医生叔叔,我不能没有爸爸。"

医生被感动了,同意让他试试。这一关算是过了。

可是，爸爸知道了这件事，他不同意且态度坚决。

妈妈劝没有用。

爷爷奶奶劝也没有用。

绝食，就是爸爸给他们的答案。

怎么可以半途而退呢？王训洲决定自己去做爸爸的思想工作。爸爸住在无菌舱里，任何人都不可以随便进出。征得医生的同意后，他经过全身消毒，穿上了宽大的隔离服。

好久没见着爸爸了，爸爸明显消瘦了很多，王训洲心里很难过。他默默地握住爸爸的手说："爸爸，我爱你，我和妈妈不能没有你。小俊（表弟）的爸爸妈妈离婚了，小俊和妈妈一起，老被人欺负，好可怜。如果爸爸你离开我，我一定不能忍受，我不要做小俊。"

王训洲的话让做父亲的心痛如刀绞。他抚摩着儿子的头说："孩子，你一旦同意捐赠，你就要打好多好多针，抽好多好多血，吃好多好多苦，你不怕疼吗？"

他摇摇头说："不怕，我是男子汉！"

"好孩子，谢谢你。"

父子俩拉钩，一百年不许变。盖章！

很快，儿子的骨髓检测结果出来了，配型是八个点，符合捐赠条件。

王训洲激动得跳起来，爸爸能活下去了。

为了救爸爸，王训洲暂时休学，开始了捐赠前的一切准备工作，首先是增重，加强体质。

他们在苏州大学附属医院附近租住了一个小小的房子，一家人开始了同甘共苦的日子。

妈妈每天变着花样给他们爷儿俩烧好吃的，猪肝补血，骨头汤补钙，鸡蛋炒饭营养……

一家人数着日子，数着夜空的星星，数着每天需要的开销，数着体重秤上的数字，数着希望，数着开心。

体重够了，进入倒计时，接下来的五天，正如爸爸猜测的那样，他每天要打好多好多的针，抽好多好多的血。

打增髓针，同时进行血常规检查。每天早晚各一次。

针管粗，他胖，血管又细，护士给他打针的时候，就像面临一场考试，考验护士的水平，考验他的坚强。

一针戳下去，没找着，抽出，再戳，再抽，护士紧张，他也紧张。最多的一次，戳了四次，还没找着，他哭了。

妈妈心疼了，搂住他，眼泪也跟着"哗哗"地流。

"儿子，我们不打针了，不做骨髓捐赠了，妈妈不怪你，爸爸更不会怪你的。"

"不行，我是爸爸唯一的希望，妈妈你让我歇一会儿再打，没事的。"

爸爸知道这个事情之后，又感动又内疚，他说："儿子为了救我受这么多罪，我以前还打过他。"

妈妈安慰说："你那也是为他好，就别自责了，哪个做父母的从来不打孩子？"

爸爸说："话是这么说，可是我们的训洲多懂事啊。"

时间过得飞快，爸爸的病一天也不能耽误了，在王训洲的努力坚持之下，一切捐赠的条件都成熟了。

爸爸已经提前进入无菌舱等待捐赠。

王训洲在手术之前又从身上先后抽出八百毫升血液，备用。

八百毫升相当于四瓶饮料。

早晨八点，进手术室之前，爸爸给他打电话。

"儿子，加油！"

"爸爸，加油！"

为了不让亲人担心，他努力调整面部的每一块肌肉，做出微笑状。妈妈把他的手紧紧一握，传递着某种信念和嘱托。

一个说着东北话的医生，推着他进手术室，问他："孩子，打了这么多针，你不怕疼吗？"

"再疼也不能跟失去爸爸的疼相比。"

医生给他竖起一个大拇指。

到了手术室，看到各种各样冰冷的仪器和带着面罩的不停忙碌的医生，训洲心里还是有些紧张的，但是，一想到爸爸，他就勇气倍增。

麻醉之前，他对医生说："爸爸需要多少你们就帮我抽多少，我身体很棒的。"

四个多小时的手术，从他的身体里抽出了骨髓血两千两百五十克。

第二天同样的手术，再次抽出三百毫升的干细胞。

王训洲刚从麻醉中苏醒就接到了爸爸的电话。

做父亲的只叫了一声"儿子"，就泣不成声。

"爸爸，请放心，手术很成功，我很好。"

父亲给了儿子生命，儿子又使父亲获得了新生。

重生的阳光照在病房里，照在一家人充满希望的心上，是那样温暖。妈妈给儿子念着杨绛的一段话，觉得也正是他们一家人的写照：

> 这个家，很朴素；我们三个人，很单纯。我们与世无求，与人无争，只求相聚在一起，相守在一起，各自做力所能及的事。碰到困难我们一同承担，困难就不复困难；我们相伴相助，不论什么苦涩艰辛的事，都能变得甜润，我们稍有一点快乐，也会变得非常快乐。

被惊醒的爱

次路一脚踢翻书桌，书本、笔筒滚落，墨水瓶迸裂，黑花向四面八方飞溅。

"逆子！"她浑身颤抖，"早知道如此，真该一生下来就把你掐死算了。"原本也是气极了的话，脱口而出，想收也收不回。

"我知道，我一直都知道，你从没爱过我，次路就是耻辱的谐音，我还没出生，你就把那个男人送进了大牢。我从小就被人指指戳戳。你就不该把我生下来，我恨你！"男孩歇斯底里的哭声使母亲的心碎成千片万片。

大地在摇晃……

激愤之下的男孩飞奔到窗口，他们家住五楼，他想打开窗户跳下去，他吃准了母亲准会后悔，到时候，他就可以变本加厉地打击她、折磨她。他明白这对于母亲是最恶毒的一招，谁让她总管着自己，不准这个那个的，烦死了。

　　哪知窗户怎么也拉不开，他举起拳头，正要用力，只听"哗啦啦"一片巨响，由远而近，如雷贯耳，窗玻璃炸裂着扑向自己，男孩的脸被割伤了，火辣辣地疼。他惊恐地发现房子倾斜了，世界如同遭到诅咒一样，正在毁灭、坍塌、扑倒，化为残物纷飞的旋涡。惊叫声、呼号声响成一片，此起彼伏。

　　他本能地冲向门口，门不知被什么东西堵住，封死。

　　"地震了。"男孩带着哭腔，惊慌失措。

　　妈妈急忙来拉儿子的手，一把没拉住。

　　恶魔再次作祟，翻滚、抖动，仿佛是要迅速拱出一个缺口，转到地面上来。它制造的颠簸使人无法站立，中心不稳，好不容易抓到儿子的手，已是彻骨的冰凉。母亲迅速把他揽在怀里，推到墙角，按下他的身体，可是儿子的块头太大了，个子高，肩膀也宽，真后悔让他吃得太多太好，使他长得这样魁伟，母亲瘦弱的身体根本无法把儿子整个护在怀里。她只得不停地把他往下按，往她的怀抱里搂。此刻，她多么希望儿子缩成小小的一团，她好揣回身体里去，用血肉包裹，用心守护，这样儿子就彻底安全了。然而时间的指针有它坚定的方向。儿子的脸只能抵住母亲软绵绵的胸口，手臂环住母亲的腰。母亲的身体弯成一把坚强的弓，她的下巴搁在儿子的头顶，双臂护着儿子的双肩，两只手掌搂紧儿子的后脑勺。

灾难来临的时刻，母子俩第一次这么亲密地贴近，第一次，两颗心离得这么近！儿子感到：母亲的身躯正在化为足以抵挡一切的铜墙铁壁。

穹隆继续施威。穹隆仿佛被雷轰似的崩裂了，屋顶以霹雳的恐怖声响倒塌下来，有什么东西砸着母亲了吗？儿子听见一声短促的"啊"，立即噤声了，随后传来母亲温柔的抚慰："儿子，别怕。"

又有什么东西压上来，挤得肋骨都要断了。

"千万要挺住啊，儿子。"母亲的泪水浸湿了儿子的头发，"妈妈承认你的出生并非我所愿，妈妈曾经对你充满了怨恨，你总使我想起那不堪的往事。可是，随着你一日日长大，妈妈越来越爱你了啊！"儿子在母亲的安慰里陷入昏迷，意识模糊中他仿佛又回到了摇篮里的状态，听见母亲正在唱一首好老的摇篮曲："睡吧，我亲爱的宝贝，妈妈的双手轻轻摇着你；睡吧，我亲爱的宝贝，妈妈的双臂永远保护你……"

忽然，天庭里闪过一道金光，电脑的屏幕上滚动出黄澄澄的大字："三维立体游戏感谢您的参与！"男孩如释重负，他摘下耳麦，扯开绑缚身体的道具，抹去腮帮的泪水。他刚刚经历了一场惊心动魄的三维体验，逼真、刺激。这是一款新开发的游戏，只需输入亲人的相关信息，就能让他和自己一起参与游戏，风暴、雪崩、地震、泥石流任意一款，都是一场对亲情、爱情、友情的终极考验。

简直是一场噩梦！男孩自言自语，对着电脑上迷离的光影，他呆呆地坐了很久很久。终于，他站了起来，开始在家里的各个房间里寻找。

　　"妈妈！"男孩焦急地喊了一声。

　　"哎！"母亲脆亮的答应使男孩大大松了一口气，纯净的脸上不知不觉露出微笑。寻声走过去，母亲正在阳台上包粽子。碧绿的芦叶妖娆地在妈妈洁白的手里来回翻卷，包裹着珍珠一样耀眼的糯米，再塞上一两颗红艳艳的枣子，用力按实、封口，细线密密地缠绕几圈，扎紧，剪掉多余线头，一个精巧美丽的小脚粽子就诞生了。那正是自己最爱吃的美味啊！

　　男孩子目不转睛地凝视母亲良久，心里涌出一种从未有过的感动，妈妈卷曲而又浓密的头发，细长的眼睛，弯弯的眉毛竟是这样美丽。他悄悄走过去，蹲下身子，侧脸贴紧母亲的后背，双手轻轻环绕住她正在发福的腰身，说："妈妈，我爱您！"

玉米地

　　几匹"狼崽"常常游荡在我爹上学的路上。

　　我爹常常被打得落花流水、鼻青脸肿，一路哭着回家："娘，他们说要打死我这个富农狗崽子。"我奶奶从锅塘里抓一把草木灰，余温中闪烁几点火星，拍在伤口上，我爹疼得直跳脚，我奶奶心疼我爹，随即把怒气转向我爷爷："祸害的，跟着你吃苦受累，还白担一身臭名。"

　　我爷爷叹口气。任凭我奶奶百般挑衅硬是不回一句嘴。邻居婶子们看不下去，半真半假地说："先生也是性子软，由着媳妇的性子闹，换成我那当家的，早就拿鞋底抽扁她了。"

　　我爷爷总是一笑了之。偏偏我奶奶身在福中不知福："他不敢打我，心里有鬼哪！"

爷爷不和我奶奶置气，默默卷本书，去河岸的护坡，找一棵歪脖子树，在清风浩荡中开始了与智者的约会。

奶奶拿爷爷没法，就一路拖着干号的我爹，到了玉米家的门口，跳着脚，有节奏地拍起大腿，拍一下骂一句："你个有人养没人教的东西，母狼下的崽啊！你个害人精，狗仗人势的教唆犯啊……"那天，凡是我奶奶能想到的词语全都派上了用场。只是，她叫骂了半天，唾沫星子飞溅了一地也没人搭理她。正无趣，只听得一阵院门响动，扑出一条大狗，咬住我奶奶的裤脚。说时迟那时快，我奶奶猛然蹲下，操起一根竹竿，击中狗头，那货"嗷"的一声，逃出老远，又反攻，气势汹汹地冲过来……

我爹吓得屁滚尿流，眼泪鼻涕糊了一脸，我奶奶把我爹拽到身后，左右挥舞着竹竿，在一个女人得意的笑声里一步步倒退出危险区，灰溜溜地逃回家里。

奶奶嘱咐我爹说："君子报仇十年不晚。咱娘俩上门吵架的事不许说给你爹听。"

她撸起袖子，系上围裙，淘米做饭，该干吗干吗。

爷爷在那里耗尽一个下午，直到书本上的字模糊成一只只小蝌蚪，这才惊觉起身，又一头钻进玉米地里，在青碧的枝蔓间轻盈漫步，浑然不觉天暗路曲。泥土涌进鞋里，一种甜蜜的微痛，使我爷爷逐渐清醒，肚子狂唱空城计，"咕噜"叫着催逼他回家，走向我奶奶的饭桌。

这样的晚上，我奶奶格外赔着小心，对待我爷爷像对待一个离家出走、刚被劝回的孩子一样，挑好吃的菜夹进爷爷的碗里，爷爷边吃边给我爹讲述他这一下午的收获，那些神话传说、旧时风月，晶莹着我爹黑亮的眼睛，我奶奶多次停箸，悠然神飞。

"你爷爷是个先生，一肚子墨水，可惜生不逢时。"打我记事起，奶奶总会重复着这些话。

"你是不是很爱我爷爷？"有一次，我忍不住挑逗奶奶，谁知道她摘了老花眼镜，沉了脸，瞄一眼轮椅上的爷爷，很不高兴地说："谁稀罕他这样的？我这辈子可被他坑了。年轻时候，他手不能提，肩不能扛，上圩挖岗都是我个妇道人家扛着，现在又害病，整日离不开个人。他若是能动，哪肯守在这里？说不定又去钻玉米地了。"

爷爷威严地咳嗽一声。

奶奶便端起菜篮子，气鼓鼓地走进厨房。

我端个小凳子黏在爷爷跟前："爷爷，你为什么爱钻玉米地？"爷爷抚摩着我的头说："我到玉米地里打'狼崽子'，怕他们欺负你爹。"

"奶奶和我说过，'狼崽子'就是大队干部家的坏小子。"

"你奶奶什么都好，就嘴不好。"爷爷手里的遥控器转移了我的视线，《东北新闻》正在播报，我和爷爷笑盈盈地出现在画面里。爷爷惊慌地指示我快去关门，"别让你奶奶瞧见我们上电视了。"

作为连心大桥的捐赠者，我们祖孙俩在镜头面前足足风光了一回。我捐了我的陶瓷小猪，爷爷捐出了他一生的积蓄。

不久，一篇《捐资建桥，梦盼长虹济桑梓》的报道，曝光了我爷爷年轻时候的一段恋情，也曝光了我们背着奶奶干的好事。

"老不死的，别再想让我管你！"奶奶撂下话，独自去了姑姑家。

一向好脾气的爷爷顿时性情变坏了，成天摔桌子打板凳。我爹和姑姑没人侍候得了爷爷，只得一起劝奶奶：

"都是过去的事了，您大人大量原谅他，就别计较了。再说，玉米可怜着呢，几个儿子一个都不成器，她自己生了大病，离不开床了。"

我奶奶长长叹了口气。没过几天，竟然主动提出陪我爷爷回趟老家。

病房里，一对老姐妹的手紧紧握着。

"你还放狗咬我不？"

"你还朝我吐唾沫不？"

两人互相抱着笑出了眼泪，我爷爷用手机定格了这温馨的一幕。我奶奶摆手说："删掉，都老成玉米秆了还有啥可拍的？"

不过，电视台来拍的时候，我奶奶面对镜头笑得可欢了。她设立了"玉米基金会"，专门救助那些看不起病的老姐妹、老婶子们。

小女巫

新租来的房间，一股霉气，我推开窗户。

窗外的院子里，跑出一个小女孩儿，罩在一件阔大的衣服里，不时扬起乌黑发亮的袖口揩揩鼻子。她站在堆满杂物的小院子里，抱着一条小奶狗。小狗一会儿尖叫一声，一会儿又尖叫一声。

天啊，她正在给小狗撸毛，一把一把地撸。撸不动，就改为揪，几根几根地揪，一揪一折，一折一揪，一揪一小撮，很快，小狗身上出现了指甲般大小恐怖的白斑，白斑里渗出血丝，细细的黑色绒毛被她用指尖儿弹开，用嘴对着吹，蒲公英似的，飘起，又荡开。

这样残忍的行为着实可恨，我忍无可忍，从房间里冲出来。

"快把狗放下，你这孩子怎么回事？"我厉声呵斥。

她和我对视了几秒，挑衅的眼光里分明带着冷酷的讥讽。之后，更来劲了。

一撮一撮的黑绒毛在小狗惨烈的号叫声里散落在地上，有的被风吹走，有的沾在她的衣服上。

我愤怒地抓住她的胳膊，指关节"咯咯"响。

她猛然把小狗摔在地上，小狗"哇哇"叫着，打了几个滚逃走了。我松开她，转身进屋，"砰"地关上门，门外竟然传来她得意忘形的笑声。

简直就是个小女巫。

"这件事我一定要和她父亲说，简直太可恶了。"我在一张破旧的书桌前坐下，这是主家配给我的，除了床之外唯一的家具，上面堆放着衣服、手纸、笔墨，还有装着萝卜干的罐头瓶。我稍稍归整了一下，腾出点空地，我要给舅舅写信，他在某县做着常务副县长，我想去他那里工作。大学分配到这么个穷山恶水的地方，真是倒霉透了。我有点埋怨母亲，工作分配之前我就想让她去找找舅舅，她偏不，说舅舅是个白眼狼，自从结婚后就和家里生分了，过年过节都很少回家。

现在我要写一封真挚感人的信来打动舅舅，以便重新建立起他对亲人的情感纽带。

这一夜我没怎么睡安稳，床垫下"嘎嘎吱吱"响了很久。

我提出过要换一张床，房东满口答应，临了还是没换。住进来才知道，他根本是个恶棍，好吃懒做又嗜赌，常常彻夜不归，还会喝酒闹事，已经被他打跑了三个老婆，这个小女巫是最后一个老婆给他留下的纪念品。据说，这孩子特别胆小。

有一天半夜，我被急促的拍门声惊醒，小女巫赤着脚，哭哭啼啼地站在我面前，惊恐地说，院墙上有个鬼。我二话不说，一把将她推出门去。

我再也无法入睡，侧着身，一动不动地静听着外面的动静，耳朵变成收音机，伸出猫须，随时微调。

天蒙蒙亮的时候，"砰砰砰"擂门声地动山摇。我起身，看着窗外，一个瘦小的身影哆嗦着打开门，一个醉鬼摇摇晃晃地跌进来："死丫头，谁让你闩院门啦？"

"啪"的一声，好像有人被扇耳光了。

某天下午我回来得早，看见小黑蜷曲在院门口，可怜兮兮、脏兮兮。身上一块块触目惊心的疤痕，有的结了血痂，有的鼓了脓疱。我想摸摸它，给它一些安慰，可是它夹紧尾巴，吓得藏到草垛里去了。

偏巧，小女巫回来了，她大声呼唤小狗，那狗弓着身子哆哆嗦嗦，匍匐着前行，到了她跟前，立即翻转身体，四脚朝天。这可是在求饶、投降、彻底臣服的姿态啊！

小女巫冷笑一声，猛踢了它一脚，它受了痛，嗷嗷叫着却不敢逃跑。小女巫蹲下身子又开始撸毛。我在小狗的哀号声里走进厨房，用力关上门。

最近工作辛苦，我打算烧几个菜犒劳一下自己。不料，一条水蛇从水桶里游出，再细看，里面还蛰伏着一只癞蛤蟆。这可是我一早从山脚下拎回来的泉水啊！

　　我是接受过高等教育的年轻人，要叫我伸手去打一个未成年人，这事我做不来。我只有去求邻居大妈，请她帮我寻一个合适的住处，哪怕小一点、破一点、贵一点。

　　大妈温和地对我说："孩子，你再克制几天，我担保她再也不和你作对了。哎，你不知道，这个丫头其实挺可怜的。"

　　果然，她不再烦我，只远远地打量我，露出一副怯生生的样子。

　　秋天的阳光普照着无云的天空，成熟的橘子压弯了枝头，我随手采下几个塞进包里。迎面吹来一丝解脱似的微风。今天我接到舅舅的电话，说事情有眉目了，让我别担心。

　　知道自己很快就要调走，我的心情格外好。下班回去，破例没有关门，招手让小女孩进来，我说："姐姐给你讲个故事吧。"

　　她疑惑地靠在我的门框上，一声不吭地听我讲了一个又一个故事。由此，我每次回家，厨房里都会有满满一桶山泉水。我瞅着她细胳膊细腿的，于心不忍，告诉她以后别再给我打水，她竟然羞涩地一笑。

　　我努力说服了她父亲，答应等到九月份就送她上学。我抽空教她识字。她的记忆力极好，几乎是过目不忘，令我很有成就感。

自此，她和小狗都成了我的跟屁虫。小狗身上的毛也逐渐齐整。

如今，我已经调到舅舅所在的县里很多年。每次推开窗子，我总能想到那个孩子，依然在我心里，在夏天里，带着阳光般的笑。

我庆幸那年打开了门，使得那一段遥远的时光也变成了生命中最为珍贵的所在。

救　赎

　　他情绪激动，一心顽抗到底，声嘶力竭地喝令我们退后，警方苦口婆心的劝说都无济于事。为解救人质，行动小组现场设计了第二套方案，暗中布置特警从侧面的楼房，远程射击，寻机一枪击毙。

　　我心急如焚，暗暗通知了我妈妈。

　　作为解救人质行动小组的成员，我紧急汇报了犯罪嫌疑人与我们家的一点渊源，恳求指挥官再给一点时间。

　　指挥官摇头表示怀疑："人命关天，你有多少胜算的把握？"

　　我头冒冷汗，不敢接腔。

　　十几年前他还是个小男孩，光洁的大脑门上缀着一只黑蝴蝶，为他瘦小单薄的身体增添了些情趣。

凭着他脑门上显著的特征还有那双乌溜溜的眼睛，我认出他就是当年的小男孩东子没错。那时他和他妈妈一同租住在我们家的阁楼上。

有一天中午，我和母亲正在厨房包饺子。男孩悄悄溜下来，趿拉着一双大人的塑料拖鞋，出了院子，往路口的小店里去了。

妈妈停住手，表情复杂地看着窗外，叹气说："可怜的孩子，他爸爸在国外打工，累得要死要活的，他妈妈在家成天打麻将，穷快活，常常把孩子一个人丢家里，今天又不知道充军到哪里去了？"

过了一会儿，院门一响，男孩进来了，手里多了薄薄的一小袋食物，穿过客厅时朝我们这边探了一下头，撅着屁股一步一顿地上楼去了。

妈妈起身，揭开锅，端起盘子，把二三十个饺子悉数推进滚水里。

"五毛钱一袋的辣条，能当饱吗？"妈妈眼圈泛红。

"那是他妈妈该操心的事儿。"我一面给饺子捏出好看的褶子一面安慰妈妈说。

"不行呢，我哪能看着这么小的孩子在我眼皮底下挨饿？"妈妈趁机教育我说，"人有善念，天必佑之。"

"好。等会儿饺子熟了你先给他端一碗去！"

我妈对我竖个大拇指，拿个蓝面大碗，盛一碗水饺，乐颠颠地端上楼去了。

从此，在男孩母亲消失的所有日子里，我妈妈心怀坦荡地，默默承担起照管小男孩的责任。

一晃到了年底。腊月二十三，送完灶王爷，妈妈从冰箱里端出一大盆青菜肉馅，准备包包子。那时我刚考上公务员，考的是公安部门，正在家闲着，等待年后去警校培训。妈妈喊我帮忙，边擦桌子边对我说："小东子爸爸今年不回来，他妈妈又不知道云游到哪儿了，你去喊他下楼，跟我们一起蒸包子。"

妈妈用香皂洗干净了他的小黑手，帮他围了蓝色围裙，耐心地教他怎么把面皮摊开、放馅、揪住、捏紧、按压、旋转。小东子浑身沾满了面粉，包出的都是歪瓜裂枣，可他自己不嫌弃："我要吃我包的。"每出一锅他都嚷嚷着，吃得肚皮滚圆。小东子吃完趴桌上睡着了，妈妈抱他上阁楼，刚一放在床上他就醒了，搂着妈妈的脖子不让走："阿姨，我想要你做我的妈妈。"

我妈妈当时鼻子一酸："好呀，你以后就叫我阿姨妈妈吧。"

"阿姨妈妈！我们拉钩，一百年不许变！"

谁知，过完年之后，他们偷偷搬走了，连招呼都没打。还欠了三个月的房租。听说，那女人把孩子扔给乡下的爷爷奶奶，跟一个药贩子跑了。

俗话说，娶坏一房妻，带坏三代子。我妈妈一直替那个男孩担心。

没想到，十几年后的今天，小东子因为劫持一个寡妇的儿子，在这十几层的高楼上与我相遇。

谢天谢地，我妈妈及时赶到。

生死对话，一场没有硝烟的战斗正在进行……

犯罪嫌疑人显得十分狂躁，恶狠狠地叫嚷："半个小时之内，那个狠心肠的女人如果再不出现，我就杀了他！"

五六岁的幼小人质，煞白的脸上泪迹斑斑，还被提着后衣领，刀尖指着脖子，小嘴一张一合，早已哭不出声的样子。

我妈妈冲到离他最近的地方："小东子，你还记得我吗？"慈爱中透着威严。

短暂的沉默，好像暴风雨前可怕的黑暗。

果然，对方爆发出一声绝望的低吼："我不认识你，快走开！"他一用力，孩子双脚悬了空，握着匕首的手臂青筋毕现。

指挥官悄悄向暗中瞄准的特警发出指令："寻找机会，随时准备击毙！"

我的心顿时提到了嗓子眼。我妈妈仿佛意识到了什么，不顾劝阻，冒着危险一步一步靠近犯罪嫌疑人："孩子，听阿姨妈妈一句劝，放下屠刀立地成佛。"

"别说了。一切都太迟了。"他哑着喉咙威胁母亲说，"你快走开，不然你今天会看到两具尸体。"

母亲用了一个严厉阻止的手势，说："不，孩子，一切都还来得及。阿姨妈妈可不想看到你倒在我面前！还有那个可怜的孩子，他多像你当年的小模样。"妈妈边说边往前猛跨了一步。

"你别过来！"他声嘶力竭，眼神布满绝望。

"一念天堂，一念地狱。"妈妈的声音忽而软下来，"好孩子，你从小最听阿姨妈妈的话了。"

　　"让我下地狱吧，我是个没人爱的废物。"

　　"谁说你没人爱？你这孩子好没良心！"母亲俨然生气了，"这么多人围在这里苦口婆心地劝说你，单单是为了你手里的人质吗？阿姨妈妈是接了你警察姐姐的电话才来的，我们都很惦记你、心疼你呀，不然警察早就开枪了！"

　　小东子浑身颤抖，泪如雨下，他痛苦地叫了声："阿姨妈妈！"握尖刀的手垂了下来。"扑通"一声跪倒在地，两名特警一跃而上。

桃皇后

我家屋后，桃花开了，又谢了。

毛桃七十二变，天天见长。皮上的绒毛渐渐稀疏，粉红的"小沟"越来越迷人。眼见枝头一日日下垂，我的口水流得"滴滴答答"。

我相中了那只最大的桃皇后，天天惦记着。母亲一把揪住我的耳朵说："你的学费全指望着这些桃呢。"

小黑子是个忠实的守卫，只要听到附近有异响，就会勇猛地冲过去狂吠一气。同村几个鬼头精，扔过去一根骨头试图收买它。小黑子龇牙咧嘴，厉声警告，对我这个少主人也是毫不留情，一旦发现心怀不轨就被拽着裤腿拖回家，丢尽颜面。

夏天到来之前，我家的桃子终于红成了新娘子的脸。母亲摘了满满两筐，让父亲挑到镇上去卖。得了银两全被母亲细细裹在帕子里。

我悄悄观察，桃皇后还在，多少觉得安心。

隔了些天，母亲叫上我一起采摘剩下的桃子。桃皇后亭亭玉立于绿叶丛中俯视我们，露出骄傲的笑。我撸衣卷袖，跃跃欲试，母亲摆摆手说，不能弄断了树干，影响来年丰收。她找来一根竹竿，上面绑只镰刀，轻轻一割，那桃子连着一根细枝、几枚绿叶，妖娆地落进我的掌心。双手捧着，沉甸甸的。

这桃真大呀，足有半斤重。我舌尖生津，想象自己咬上一口，那鲜嫩的黄中带红的果肉一定是水滴滴、甜津津的，汇集了世界上所有美味的元素。但我明白，这么美好的桃子我大约是吃不起的。果然，母亲指着那扔在破瓷盆里的歪瓜裂枣说："你把那里面的挑拣挑拣，洗洗吃解馋吧。"

我白了母亲一眼，气鼓鼓地踢一脚瓷盆说："喂猪吧，我不吃！"母亲轻拍了我一掌，咬牙切齿地说："你这个贵子，犟骨，明早把这剩下的半筐背到镇上去卖了。"

母亲让我去卖桃，破天荒第一次，我感到十分兴奋。

集镇一条街，赶着太阳出来热闹。我特意起个大早，为抢个好市口。小商小贩们随意得很，树荫子底下、电线杆旁、人家屋檐下，歇下担子，吆喝一声就开张了。我眼尖，瞄到了一个好位置，三岔口有一个水泥墩子，上面撑一把破旧的广告伞，既挡雨又遮阳。我刚放下筐子，铺好塑料纸，就有个阿姨来问：

"请问这是桃花的摊位吗？"

我心里一拧，看来这个摊位是有主的。四下张望，并没有人往这里来。随即点了头。

阿姨兴许看出我的紧张，便显出些迟疑："桃花是你姐姐吗？"

"对呀。"我从牙缝里费力地蹦出两字，心虚虚的。

小黑子倒是很坦然，笔直地坐着，还摇摇尾巴证明我说的全是真话。

"好，多少钱一斤？"

我挺了挺后背说："一块五。"

"好，我要六斤。"阿姨蹲下身子开始挑桃子，桃皇后被她一眼相中，第一个拣进袋子里，我有点心疼，鼓足勇气说："阿姨，这只桃子我不卖的。""为啥不卖？""就是不卖。"阿姨笑笑，把那桃子放回我的筐里，最后还很慷慨地给我九块钱，竟没打一分钱折扣。

过一会儿又有个大妈来问："请问这是桃花家的摊子吗？"

我点头，依然报出了一块五的高价。这回，我吸取教训，把桃皇后藏在框子最底层了。大妈如数付款。我握着一大把毛票，心怦怦直跳：桃花是何方神圣？

太阳还没爬到树梢，我的桃子就已经卖个精光，至于那只桃皇后，我打算犒劳自己了。

出师大捷，我快活地哼起小曲，像个得胜的将军似的巡视起别人的摊点来了。拐角处，一个卖桃子的女孩吸引了我的目光，她席地而坐，支着双腿，细细的胳膊交叉在瘦骨嶙峋的胸口前，两根麻花小辫，一双水汪汪的大眼睛。她面前的桃子堆得像个小山，很少有人从这里经过，好像天黑也卖不完呢。

"咦，桃花，你今天怎么在这里出摊了？"旁边有人冷不丁地冒出一句。

那女孩不回答，微笑的眼睛看向我。

"看我干什么？"我瞪她一眼，飞快地跑了。

难道抢占的是她的风水宝地？我溜达了一圈，又悄悄回去。果然，那女孩已经搬回到她原先的摊位，生意立即大好，好几个顾客围着转了。我透过人群的缝隙看她麻利地过秤、收钱、找零，忙得不亦乐乎。

日薄西山，赶集的人群渐渐散尽，桃花也终于收摊。当她正把那空筐背上肩头的时候，我闷头走过去，把那只心爱的桃皇后硬塞进她手里，然后以一百米冲刺的速度开溜。

那天，母亲眉开眼笑地接过钱，数了又数，她很奇怪为什么我卖出的价钱比我爹高出许多。

是啊，我也奇怪。那问号也一直盘旋在我心里。

花开花落，日月如梭。我大学毕业成了一名记者，分配在家乡的日报社。我上班接手的第一个任务是采访桃花谷的谷主。人生真是有趣得很，向左，或向右，有缘的人就总会遇见。

两根麻花小辫，一双水汪汪的大眼睛，她竟然还保持着当年的小模样，只是举手投足间多出了点成熟的韵味。桃花，她种植的桃子个儿大且甜，春蕾、雨花露、皮球桃等十多个早中晚熟品种，个个都是桃皇后。杨柳绿，蝴蝶翩翩，满园桃花相思点点。一人致富，带动一方，四乡八邻纷纷加盟她的桃花谷，开办季节性农家乐，靠着"看桃花"和"摘桃子"挣了大钱。

我的第一篇报道上了《新华日报》。我成就了桃花，桃花成就了我。

又是一年桃花开，粉红笑脸惹人爱。姻缘天定，月老牵线。我搂着桃花问："那年，我抢占了你的位置你为啥不说？"

"我看你脚上的破球鞋，就知道有人比我更需要钱。"

"哈，那凭啥别人都去支持你的摊位？"

桃花"扑哧"一声笑了："你猜！"